KB063442

기다림은 언제나 이르다

기다림은 언제나 이르다

혜윰 시집

책이있는마을

차례

펼침

지난여름은 정말 더웠습니다. 더위 끝에 온 가을이 서글퍼서 당신은 내내 몸살을 앓았지요. 너무나 많은 사연이 당신을 흔들었습니다. 가슴이 아파서 당신은 내내 울더군요. 눈물 흘리는 당신을 뒤로하고 하염없이 길을 걸어야 했던 지난가을은 내게도 아물지 않는 상처였습니다.

그렇지만 아십니까? 이 세상에서 가장 빛나는 보석이 있다면 그 보석은 바로 당신입니다. 이 세상을 가장 아름답게 비추는 거울이 있다면 그 거울이 바로 당신입니다. 당신은 나의 길이고 또 하나의 나입니다.

물론 쉬울 거라고 생각한 적도 없고 쉬웠던 적도 없었습니다. 마치 매번 오르는 산이 매번 힘들듯이 언제나 당신은 나를 힘들게 했습니다. 때로는 내 인생에 힘이 되고 때로는 이유가 되면서 당신은 늘 내게 버거운 짐이었습니다.

그럼에도 불구하고 나는 당신을 사랑합니다. 여름날 밤하늘을 가로지르는 유성처럼, 바람 부는 날 인도 위로 떨어져 내리는 낙엽처럼, 찬 서리에 힘없이 꺾이고 만 숲속의 들꽃처럼, 이 세상의 모든 소멸하는 아름다운 사연들을 사랑하듯이 나는 당신을 사랑합니다. 마침내 초라하게 마주한 지금 이 순간, 더욱더 당신을 사랑합니다.

2016. 겨울비. 혜윰

1.

고통을 대면하는 방법

사진 정재숙

정
재
숙

바람의 시간

설핏 겨울의 칼날을 품은 바람이
간신히 매달린 나뭇잎을 뒤흔들고
가로를 휩쓸어 내 옆에 와 앉아서
정색한 얼굴 낮은 목소리로 속삭인다
'너희들의 시간은 끝났어'

낡은 오버사이즈 코트를 벗기고
당당함을 가장했던 앙상한 알몸을 드러내며
내 안으로 숨어드는 지친 계절에
들켜버린 여린 속살이
저항하지 못하는 무기력이 나는 부끄러워

떨어진 것들 밀려난 것들 쌓이고 쌓여서
바닥에 드러누워 연대라도 해보려 하지만
바람과 잎들은 공존을 잊어버리고
오가는 계절 사이에서 서로 반목한다

방금 떨어진 노란 잎새 하나가
물대포 젖은 도로 위로 휩쓸려간다
공포에 찬 눈으로 자꾸만 뒤를 돌아보지만
나는 묵묵히 지켜보는 목격자

지금은 칼을 품은 바람의 시간
난폭한 바람은 잎을 어디로 데려가는 것일까

정
재
숙

첫눈의 기준

보고 싶은 사람이 떠올라야 첫눈일까
거리를 하얗게 뒤덮어야 첫눈일까
눈을 뭉치고 눈사람을 만들어야 첫눈일까
내가 잠들지 않고 깨어 있을 때 내려야 첫눈일까
눈 온다는 문자메시지를 세 통 이상 받아야 첫눈일까

저마다의 첫눈의 기준은 다르지만 기상청이 인정하는
첫눈은
기상관측소가 위치한 앞마당 관측장에 반 이상 눈이
쌓여야만 한다
다른 곳에 아무리 함박눈이 펑펑 내려도 관측장에 눈
이 내리지 않으면
그것은 첫눈이 아니다
관측자가 보지 않으면 첫눈으로 인정되지 않는다
관측자가 눈으로 보아야만 비로소 첫눈이 된다

세상 모든 사람들의 애인 같은 첫눈
나의 첫눈은 언제일까
숱하게 스쳤어도 마주앉아 눈을 들여다보지 못하고
네 눈 속에 내가 담기지 못하고
내 눈 속에 담기지 못한 너는 아직 첫눈이 아니다
언제쯤 너는 나의 첫눈일까

정재숙

소나기

처마 가까이 내려앉은 구름이
눌린 가슴속 뜨거움을 견디다 못해
밖으로 뛰쳐나온 화병 난 아낙처럼
장대비로 쏟아져 내린다
갠 날 갈무리하지 못한
오래된 세월이 비를 맞는다
할 일 다 못한 듯 마당 끝에 서 있던 낡은 경운기
느닷없이 쏟아지는 소나기를 만나
대책 없이 마주하고 선 너는
내 아버지를 닮았다
기운 빠진 다리로 빈 대궁처럼 서 있는 내 아버지
한때 불어왔다 몰려가는 바람처럼
금방 왔다 금방 가는 자식의 뒷모습
무심한 듯 안 보는 척
처마 밑에서도 너처럼 비를 맞고 서 있을
이제는 늙은 내 아버지

선암사

정재숙

오지 않으면 져버리겠다고
무슨 협박 같은 향기
어쩌라고
소인도 없이 다급하게 바람 편에 보냈나
아니 갈 수 없어 허덕허덕 다시 찾은
선암사 지는 꽃 아래 한나절,
해는 구름에 가려 보이질 않고
소리 없이 듣는 빗방울
어깨 적시며 돌담 돌아나오는 걸음
후드득 뛰어내려 발목 잡는
나이 잊은 철없는 매화
일주문 넘어설 때 소매 끌어당기는
풍경 흔들던 바람

정
재
숙

바람 분다

바람에도 암수가 있단다
암컷 만나러 가는 바람과
수컷 만나러 가는 바람
이 만나서 바람이 부는 거란다
조심성 없는 바람은
마음의 문지방을 넘어
관습의 울타리를 빠져나와
텅 빈 삶의 공터를 지나
거리로 몰려나온다
우주의 질서가 스스로 그러한 것처럼
삶의 법칙이 음양의 조화인 것처럼
봄,
소문처럼 무성한 바람 분다

물들다

정재숙

손톱 위에 뜬 달이 봉숭아 붉은 빛깔에
물들다
별을 좇던 두 눈이 파란 하늘 빛깔에
물들다
네가 없는 빈 마음이 노란 은행 빛깔에
물들다

손톱 끝에 붉은 물이 다 빠져나가고
잎 진 가지 위에 하얀 첫눈이 내리기 전에
나도 너에게 물들고 싶다
물드는 것은 예쁘다
너를 내 안에 받아들인다는 것
내가 너를 온전히 감싸겠다는 것
하지만 도대체 두려운 한 가지는
내가 세상에 물이 들어가는 것

정
재
숙

치자꽃 피면

장독대 그늘 깊은 수심처럼
함초롬히 피어 있던 꽃
스물여섯 꽃다운 날 징용 가는 남편과 생이별하고
푸른 치마 과부 아닌 과부로 육십 년을 홀로 살다 가신
설움 많은 내 할머니 닮은 꽃
모진 세월 살다보니 이별이 그다지 슬플 것도 없다는 듯
만 리 타국 동토의 땅 전하고픈 사연이 있었을까
꺾어진 시간 침묵으로 남겨둔 편지의 여백처럼
사무치는 그리움 담담한 향기로 말을 대신하며
보는 사람 마음을 놓아주지 않는 꽃
가늠조차 할 수 없는 미련한 기다림
그 완고함으로 해를 잊지 않고 피워내던 꽃

바람에 흔들리는 날 없었을까
흙냄새에 묻어오는 황홀한 살내음이 그립지 않았을까
달빛 아래 요염한 향기를 뿜어내기도 했을 터
그럴 때면 손 닿지 않는 먼 사람의 자취를 더듬어

우직한 된장 항아리 밑으로 더 깊이 뿌리를 내렸을까
이 봄 차자 화분 하나 베란다에 들이며 그 곁에서

엇나간 박자의 추임새, 할머니 옛날얘기 같은
뿌리 깊이 똬리 튼 슬픔, 토해내는 신음 같은
짙은 향기 한 자락을 졸라본다

정재숙

능소화(사백 년 전에 부친 편지)

햇볕 뜨거운 6월의 담벼락에
소화 흐드러지게 피었습니다
돌담 너머로 고개를 내민 붉은 꽃
커다란 꽃망울 터지는 소리마저 들립니다
고샅을 따라 걸어오던 당신과 눈이 마주쳤습니다
소화꽃 만발한 담장을 사이에 두고 우리는 만났습니다

당신을 보내고 편지를 씁니다
저는 소화의 비밀을 알았습니다
소화는 이 세상 꽃이 아닌 하늘의 꽃이었다지요
누군가가 꽃을 훔쳐 인간세상으로 달아났다지요
그 아름다움은 세상에 따를 것이 없어
사람들이 다투어 어여삐 여기는 꽃
누구나 가까이하기엔 아까우리만치 기품이 넘치는 꽃
그 아름다움에 넋을 잃기 십상이나 그 속엔
사람의 눈을 멀게 하는 독이 있는 꽃
죽은 나무를 좋아해 죽은 나무를 타고 하늘을 오르는 꽃
산 나무 아래 심으면 산 나무를 죽이고 피는 꽃

만지는 꽃이 아니라 했습니다
그냥 두고 보는 꽃이라 했습니다
시들지 않고 생생한 그대로 떨어지는 꽃
요절한다는 지리멸렬한 사주
저는 팔목수라가 가둔 운명을 거역할 것입니다
팔목수라는 나의 정원에서 나의 꽃을 데려갔습니다
당신은 서둘러 떠나셨고 저만 남았습니다
하지만 당신은 떠나지 않았습니다

사람이 잊지 못할 추억은 없다고
아물지 않을 상처 따위는 없다고 하셨나요
강철을 녹이고도 남을 세월
죽어서도 잊거나 이기지 못할 슬픔
세월이 부질없이 오고갔지만
어여쁜 당신을 잊을 도리가 없습니다
젖은 시간은 느릿느릿 참 더디게만 갑니다

담 안팎에 소화 가지를 꺾어 심었습니다
이름을 능소화라 하였습니다
하늘을 능히 이기는 꽃이라 제가 지었습니다
이제 하늘이 정한 사람의 운명을 거역하고
우리 다시 만날 날을 기다립니다

우리는 만났고 헤어지지 않았습니다

* 조두진의 〈능소화〉를 읽고

가을이 시킨 일

정재숙

간밤에 기습전이라도 일어났는지
세상은 어제보다 더 붉어졌다
구절초 쑥부쟁이 모시래들에 배수진을 치고
억새는 사자평 너른 바다에 학익진을 펼쳤다

게릴라처럼 숨어 서풍이 불 때를 기다리다
시절을 잃은 횡포한 계절의 포로가 되어
기어이 자백을 받아내고야 말겠다는 듯
견딜 수 없는 이 가을의 고문
온 산엔 비명이 낭자하다

배후를 말할 수 없다
겁먹은 듯 파랗게 질린 하늘 아래
한번은 붉디붉게 살다 가고픈 욕망
수상한 시절의 울돌목에서
가을이 시킨 일이라고 우기고 있다

정
재
숙

나는 시인인가

시절을 건너온 어줍잖은 청춘
세상은 아름답다
사랑은 아름답다
오! 인생은 아름답다

세월을 이기지 못하고 너덜거리는
육체와 격리된 의식으로
누군가의 물음에 대답해야 할 때
아직도 아둔한 물음을 묻는다
사람들은 모두 행복한가

울분에 숨이 거칠어지기도 했던 때
그토록 경멸했던 부류의 인간이 되어
변해가고 있음을 뼈저리게 느끼며
아직도 낡은 물음을 묻는다
세상은 공평한가

어디로 가야 할 것인가
오를 곳이 철탑밖에 없는 사람들
누구의 눈물을 묻는단 말인가
누구의 눈물을 닦아준단 말인가
다만 함께 울어줄 것인가

낯익은 진리를 곁에 두고
감정의 바닥을 들여다보는 시간
자신에 대한 연민을 버리고
세상을 연민하는 아직은
간신히 사랑이 가능한 지점

정
재
숙

모를 내는 친구에게

무엇을 준비해 갈까 친구여
청산이 비추인 큰 배미 무논에
어린모를 심는 친구여

이슬 열린 이른 새벽
앞서간 발자국을 지우는 안개를 헤치고
새 길을 내며 걸어가는 친구여

막걸리 힘을 빌려 호기를 부려도
삶은 언제나 능력보다 벅차고
기다림은 언제나 맹목의 시간

마른 모래에 떨어지는 물처럼
흔적 없이 사라지고 마는 시간 속에
풀이 자라고 개망초 꽃이 피는
한 뼘 논두렁의 희망처럼

한 삶을 길러내고 거두는 친구여
비명 없이 버텨주고 있는 경건함
참으로 든든한 풍경이네

외로운 시간들이 떨어져 익사하는
질벅한 무논에 두 발 담그고 서서
여문 낱알 혼을 건져 올리는 친구여

정재숙

소매물도 등대섬

쉽게 혼자가 되는 곳으로
섬만한 것이 있으랴
식식거리는 욕망을 털고
마음속의 저울을 버리고
근원을 모르는 낡고 낡은 분노와
오스스 소름 돋는 이별은 세상 밖의 일처럼
돌보는 사람 하나 없이
하얀 등대만 우두커니 서 있는
작은 섬에 가고 싶다

기다리는 마음이 길어져
바다를 향해 흘러내린 섬 끝자락
하루 두 번 기적이 일어나
물길이 열리는 곳
퍼런 물이끼 낀 울퉁불퉁한 자갈길 건너
목책을 따라 가파른 언덕을 오르면
늘씬하게 뻗은 연초록 꽃대 위
빨간 입술에 까만 점을 찍은
먼로를 닮은 섬나리 얼굴을 내미는 곳

해 질 녘
이따금 오가던 여객선이 끊기고
잠시 드러났던 물길도 잠기면
지금 막 밀려온 파도와
다음에 밀려올 파도 사이
물때에 갇혀 덩그러니
등대 아래 앉아 혼자 고립된 채
저녁 안개에 휩싸여 모습을 감추는
건너편에 뿌려진 큰 섬들을 바라보며
다시 사람을 그리워하고 싶다

정
재
숙

홍수洪水

며칠째 비가 내리고 밖은 충분히 젖었다
오래 붉었던 백일홍 꽃잎이 떨어지고 있다
바람 소리가 난폭한 말투처럼 거칠다
우리를 불안하게 하는
서두르기를 좋아하는 바람
거리를 배회하는 비밀들
말하기를 좋아하는 새들처럼
참을 수 없어서 지는 꽃처럼
요약되지 않은 감정은 빗소리를 증폭시키고
임계치를 넘은 수위는 마음을 범람한다
잊힌 다음에 보고 싶은 것처럼
한참을 흐르고 난 뒤에야 지나온 풍경을 기억한다
살아본 뒤에야 깨닫게 되듯이
끝을 보고서야 되돌아와야 함을 알게 된다

사람들의 가슴에는 문이 달려 있어
감정이 차올라 넘치기 전에 덧문을 열어야 한다
물은 그저 흐를 뿐 멈출 줄을 모르고
흘러서 뒤돌아볼 줄을 모르지만
우리가 물과 다른 것은
멈춰야 할 순간이 있다는 걸 안다는 것
끝으로 가 한없이 지친 자신을 끌고
되돌아올 줄 안다는 것이다

정재숙

고통을 대면하는 방법

말을 해야 하는 건 아니야
아니야, 말을 해야 알지

아프지 않은 사람은 없다
내어놓을 곳이 없을 뿐
소낙비 그치고 구름 뚫고 나온 햇볕 속에
비에 젖은 산나리 산수국 사위질빵
환한 아픔을 내놓는 오후
꽃들은 조금 전 만났던 소나기를
기억하지 못하는 것은 아니다
차별을 모르는 자연 앞에
자신을 있는 그대로 풀어놓을 뿐이다

풀잎이 힘겹게 빗방울을 매달고 있듯
빗방울이 간신히 꽃잎을 붙잡고 있듯
비 갠 뒤의 풍경은 고통이 스며 있어 아름답다

고통을 대면할 때
우리가 해야 할 유일한 질문은
그럼에도 불구하고 너는 나를 사랑하는가
나는 너를 사랑하는가

정
재
숙

난센스

내가 행복하다는 건 난센스다
불행이 과장되기를 원치 않지만
행복을 체념하기를 바라지 않는다
한번 뒤집어지면 땅에 등을 대고
다시 일어나기 힘든 딱정벌레처럼
수없는 시도 속에 지쳐 일어나기를 포기한 채
바닥으로 바닥으로만 뒹굴고 있다
나는 제대로 등을 뒤집어보았는가
신념이 머릿속에서 춤추다
가슴에 이르러 사그라들고 말아
손발에 닿지 못해 온몸이 저려오는 그때
현실을 잊어버릴 환상이 필요해
그쯤에서 덮쳐오는 복지의 프로파간다,
강요된 행복에 항복하고 만 것이다

사진 정채숙

2.

구둔역에서

사진 이호정

김
문
하

구둔역에서

　오래 서로 마주했지 고마운 언덕 큰 나무 가지 사이로 아
직 들려오지 않는 구둔역 철길 소리 끝과 시작이 손을 잡
는 고요한 초하루 한나절 귀 열면 떠나야 할 때 떠나지 못했
던 이름 모를 꽃들 말이 마냥 들릴 것도 같아 구둔역 새털
같은 구름을 모으면 먼저 와 어김없는 계절 스며들어 일어
서는 여린 슬픔의 햇살은 멀고 노을 빗질하는 키 높은 풀들
사이로 굽이돌아 오고 있는 바람 소리 들린다 늦지 않게 오
라 저렇게 손을 흔드는 구둔역 버드나무 잎 아래서 기다림
은 언제나 이르다 기적汽笛 소리 어디쯤 오고 있는지

돌담

김문하

  잎 떨어진 담쟁이 줄기 사이 아버지의 그림자가 드문드
문 흔들린다 지친 발자국 소리와 깊은 한숨들이 바람으로
불어간 저 돌담 틈새로 해가 지고 여든 넘는 세월이 골목
을 돌아서 오는 섣달 끝자락 저녁 손자들 앞세우고 마중
을 간다 언제나 아픔처럼 아버지 두 손에 걸려 있는 마른
나무 가지들 받아 고기를 굽고 아이들에게 집어주며 혼자
막걸리를 마신다 돌담 사이로 다시 지나가는 희미한 그림
자 한해가 돌담에 또 한 겹 노을로 쌓이는데

김
문
하

바람의 언덕

통영에 가요
아내의 업무 길을 따라 나선 이른 아침
사백 킬로미터가 넘는 먼 곳에 있는
통영은 작아 한나절이면
동피리 벽화마을 해서 다 볼걸
그래요 그럼 해금강을 가요
거기 바람의 언덕이 있다네요
언덕은 바람의 언덕이지
그럼 언덕의 바람인가 하다가 아니다
바람의 언덕과 언덕의 바람은 다르지
동백 숲을 걸어 바람의 언덕을 보러 갔다
남해바다 바람이 불어오는
바람의 언덕에 앉아
언덕의 바람을 맞는다
새벽을 깨우고 먼 바다를 달려
불어온 바람은 동백나무 숲을 지나
머리카락을 흔들며
동피리 언덕 위로 불어 가는데
바람의 언덕에서
언덕으로 불어오는

멀고 가까운 섬들의 이야기를 들으며
지친 다리를 내리고
고운 바람 같은 아내 옆에서
바람의 언덕이 되지 못하고
언덕의 바람이 되어 살아온
지난 세월을
해금강 바람으로 날려 보낸다

양원역에서

김
문
하

버들가지 푸른빛으로
물속에 잠겨가는
협곡열차
양원역 창가에서
물길을 잡아 주는
산을 생각한다
강으로 어서 가라고
소리 내어 달려 주는
기차를 생각한다
억새가 사월 바람에도
마른 몸으로 흔들리는
양원역 개울가에서
외로움은
저 산도
기차도 아닌
낮술에 정처 없는
내 마음인 것을
물결의 햇살에
눈을 감는다

연꽃

김문하

아무 말 하지 않아도 안다 연잎은 왜 저리 빗방울 만들고 우리는 막걸리 잔을 부여잡고 붉은 눈시울의 서로를 위안해야 하는지 당당히 일어서는 논두렁 가까이 작은 연못 해마다 이르게 몸을 내밀어 서로를 굳게 기대는 푸른 어깨 우리도 동무하여 새벽 먼 길을 늘 그렇게 달려왔다 견주어 당기지 않아도 여린 아픔은 강한 화살 노란 바람개비로 흩날리다 바위산으로 가는구나 흰옷 단아하게 차려입고 떠 있는 우리 님 운명이다 고운 땅 딛지 않고 젖은 뿌리내리고도 피어난 저토록 아름다운 연꽃 우리 모두의 운명 같은

김
문
하

우리는

태백역에 내려 안내도를 보면서
저쯤에 그리 다시 가보자 했던
태백산이 있구나
그곳으로 담배연기를 날려 보내고
철암산이 없는 철암으로 간다

등에 아기를 업은 광부의 아내가
젊은 남편에게 아직도 손을 흔들지만
인정사정 볼 것 없이 가 버린 세월
흔적만 남은 철암은 고요하고
협곡열차 안 사람들은
이르게 핀 봄꽃처럼 분주하다

분천에서 낮술을 마시고 돌아와
다시 태백으로 가는 길
저기 철암국민학교에 다녔어
길에는 걸어가는 아이 하나 없고
택시에 몸을 싣고 아스팔트 위를 달리는 나는
친구가 걸었던
그 어릴 적 까만 길을 떠올리지 못한다

그게 서로의 세월이지
내 유년의 낙동강
강변과 보리밭의 풍경을
'너'가 그려 낼 수 없는 것

철암을 지난 기차는
고향 산들이 보이는 곳으로 가고
황지연의 물들은 흘러
흘러 작은 발을 담그던 학교 앞
시냇물이 되었는데도

이제는 백두대간
한 허리
이 태백에서 우리는

돌아오는 웃음들은

"밀린 원고가 없으면 함께 갑시다."

사진을 찍는 후배가 가자고 한 곳은 광릉이었다.

"수목원에 가자구? 시간이 저물 텐데."

"평일은 차가 밀리지 않아서 지금 출발해도 괜찮습니다."

낡은 그의 차가 도심을 벗어나 교외의 좁은 도로를 달리기 시작했을 때 나는 가을걷이가 끝난 들녘을 보았다. 볏단 더미 위로 작은 새들이 내려앉고 퇴색되어 가는 풀잎이 저녁 바람에 눕고 있었다. 그것들을 바라보는 나의 모습을 운전석 앞 거울로 힐끗 쳐다보던 후배가 말했다.

"잊어버리세요. 생각하면 마음만 더 아플 뿐인데."

며칠 전 형은 요양원에 들어갔다. 거의 십 년 세월 동안 정신앓이로 가족들을 안타깝게 하더니 한사코 싫어하던 요양원 생활을 하기 위해 끝내 국립정신의료요양원으로 떠난 것이다.

광릉은 한적했다. 앞서 몇 번 와보긴 했으나 올 때마다 공휴일이어서 사람들이 많았고 또 봄 아니면 여름이었다. 세조와 그의 아내였던 정희왕후 윤씨의 묘지라는 안내판을 다시 보면서도 이 땅속에 사람이 죽어 묻혀 있구나. 늘 하던 그런 생각을 했다. 어쩐지 무덤은 다 같은 생각이 든다. 죽은 자의 모습이 변화가 없듯이 그들의 무덤 또한 죽은 자가 묻힌 곳이라는 지극히 당연한 사실로 가장 먼저 다가오는 것이다.

　명확하지 않은 이유로 나의 형은 스물여섯의 나이에 스스로 목숨을 끊으려 했었다. 많은 진정제와 극약을 함께 마셨다고 했다. 의사의 지시대로 밤늦도록 위세척을 하면서 어쩌면 우리의 삶이 소설 같을 수도 있다는 막연한 불안감을 가졌던 그때의 나는 대학 초년생이었다. 내가 보기에는 형에게 죽음을 택할 만한 아무런 문제도 없어 보였다.

　'우울성 자폐증세'라고 했다. 마음의 문을 닫고 자기의 상상 속에 있으며 그러다가 가끔씩 까닭 없이 격해지곤 했다. 쉽게 치유되지 않는 것이 정신앓이였다. 형은 그 후 내 모든 세월과 더불어 그렇게 지나왔다. 되도록이면 형의 상황과 밀착되지 않으려고 의식적인 거리를 유지해야만 했다. 부끄러움은 아니었지만 아닌 것만 못한 것은 사실이었다. 하나뿐인 형이었기에 부모님과 나의 기둥이었다.

　온천 시설이 좋아 사람들이 몰린다는 부곡, 그 장소에서 얼마 떨어지지 않은 곳에 요양원이 있었다. 어린아이들처럼 줄지어 어딘가로 이동하는 환자들의 얼굴을 바라보면서 장남이 자리하지 못한 벚꽃 피는 예식장 한 모퉁이에서 식을 마친 후 남모르게 흘렸던 눈물을 생각했다.

　"형 건강하게 지내라."

이 말이 내가 그에게 해줄 수 있는 전부였다. 아직도 세상으로부터 멈추어져 있는 것만 같은 형에 대한 기억으로 하여 지금의 이 나이에도 나는 그를 형님이라고 존대어로 부르지 못하고 있다. 말없이 고개를 끄덕이는 모습을 뒤로하고 요양원을 나왔을 때, 길목에는 떨어진 잎들이 바람에 쓸리고 있었다. 능 근처 바위에 앉아 내 죽으면 아예 애련에 물들지 않고 희로에 움직이지 않는 안으로 안으로만 채찍질하는 한 개 바위가 되리라던 청마 시인의 시구를 되뇌어 보았다. …두 쪽으로 깨뜨려도 소리 나지 않는 바위가 되리라.

세종의 둘째 아들로 태어나 어린 조카를 죽이고 왕위에 오른 세조의 만년은 외로웠다고 한다. 그래서인지 불도에 깊이 빠져들었는데 그가 찾아가 자신의 과거를 참회한 사찰의 스님은 비구니였다. 북벌 시 김종서 장군이 데리고 나온 여자가 있었다. 그녀는 한명회 일파의 계략으로 모시던 장군이 죽자 세조의 왕위 찬탈 저지에 합류했다가 붙들려 모두 참수당하지만 여자이고 이국 사람이라는 이유로 목숨을 건져 깊은 산으로 들어간다. 세조가 찾은 여승이 바로 그 여자였던 것이다. 물론 정사보다는 야사에 가까울 것이다.

사람들은 어쩌면 모두 바위의 습성을 그리워하는지 모른다. 하나의 웃음을 만들기 위해 또 하나의 슬픔을 잊어야 하는 나약함 때문에 더욱 의젓한 바위가 되기를 갈망

하는지도 모르겠다.

　형이 가져야 할 것들은 내가 모두 빼앗아 가진 것만 같은 괴로움에 자주 시달렸다. 스물 초반의 나이부터 아이 아버지가 된 지금까지도 그것은 떨쳐버릴 수 없는 부담감이 되어 나를 무력하게 만들기도 했다.

　"내려갑시다. 비가 올 것 같은데요."

　"사진은 어떡하구."

　"사진은 무슨, 아침에 전화가 왔습디다."

　형을 보내고 거의 식욕과 말을 잃고 지냈다. 아내였을 것이다. 후배는 동생이 소아마비다. 어릴 때 약을 잘못 써서 그렇다고 했는데 형제들 모두 대학을 나왔어도 자기는 구김살 없이 고등학교를 마치고 목공예 일을 배워 나무를 조각하고 있다. 바로 밑이기 때문일까 후배의 동생에 대한 사랑은 유별했다. 동병상련이었을 것이다. 송진 냄새를 풍기며 노송들이 빗물에 젖고 있었다.

　"저기 가서 산채비빔밥 먹고 갑시다."

　후배는 차를 세우더니 앞 식당으로 뛰어 들어간다.

　우리 살다가 죽어 묻히면 구별 없이 모두 같은 모습으로 돌아갈까. 형의 삶이 어쩌면 나와 다르지 않을 것이라는 생각을 했다. 그도 지금 나와 다른 그의 삶을 살고 있는지도 모른다. 어떻든 살아 있다는 것은 다른 모습일 수 있기에.

　"뭘 그리 생각하세요. 빨리 나오세요. 참, 옆자리의 사진 박스 주시고요."

　생각이 깊어 시간이 지났는지 후배가 우산을 받쳐 들고 차창을 두드렸다. 음식을 기다리는 동안 후배는 이렇게 말했다.

　"한 가지 아픔도 없이 사는 사람 없을 것 같아요. 모두들 그렇게 아닌 것처럼 사는 것이겠지요."

　나는 그 말에 동의했다.

　"머리카락 더 없어지기 전에 사진이나 찍어 두세요. 자, 웃어봐요."

　후배는 마구 셔터를 눌렀다.

　"왜 이리 눈부셔. 그만해."

　하면서도 나는 웃고 있었다. 살아가는 자의 웃음이 돌아오고 있었다.

간직하고픈 집

김
문
하

내게는 명절 때가 되면 행하는 즐거움이 하나 있다. 도시와는 달리 추석과 설날이 다가오면 하루 날을 잡아 시작하는 '고향의 집' 청소다. 올해는 이어지는 연휴로 하여 추석 이틀 먼저 시골에 내려갈 수 있었기 때문에 처음부터 아버지와 느긋한 집 청소를 시작할 수 있었다.

먼저 지붕 위로 올라가 오랫동안 날아오고 떨어져 쌓인 것들을 빗자루로 쓸어내린다. 기왓장을 조심스럽게 밟지 않으면 깨어져 물이 새어들기 때문에 그 일만은 늘 당신이 직접 하셨다. 결코 좁지 않는 두 지붕의 낙엽, 새 깃털, 비닐 거기에다 여름날 볕이 좋아 말린 고추와 땅콩 부스러기까지, 작은 비로 그것들을 쓸어내리는 아버지의 모습은 마치 조심스런 보물을 다루는 것 같았다.

시골집이 처음부터 넓은 기와지붕을 가진 것은 아니었다. 대대로 살아온 농촌의 가옥이 거의 그렇듯, 내가 살던 집도 크고 넓기는 했지만 이엉으로 덮은 초가지붕이 새로이 이엉을 올려야 할 즘이면 거북의 등처럼 볏짚은 검게 변해 있고는 했다.

그런 초가집을 헐고 지금의 기와집으로 지은 것은 칠십년대 초반이었다. 그 당시 불었던 지붕 개량의 영향도 있었겠지만 아버지는 그것만이 아닌 계기가 있었다.

해방 이전 세대인 아버지는 넉넉하지 못한 농가의 아들
로 자라면서 하고 싶던 공부도 가정 형편상 중도에 포기
해야 했고 급기야 할아버지의 뒤를 이어 농사를 지어야 했
다. 그런 아버지로서는 자기 땅을 갖는 것이 가장 큰 희망
이었을 것이다. 할아버지가 돌아가신 후 더욱 아버지는 묵
묵히 머슴처럼 일만 하셨고 십 년이 조금 넘는 기간 동안
꽤 많은 돈을 모으셨나 보다.
   그 돈을 가지고 무엇을 할 것인가 의견이 분분했던 모
양이다. 대구에서 건축업을 하시는 이모부께서는 이곳에
다 집이나 땅을 사놓으라고 강력히 권유했다고 한다. 그러
나 아버지의 농토를 가지고 싶어 하는 오랜 소망을 꺾지
못했다. 결국 강 건너 들판의 바둑판 같은 논을 서너 필지
사게 되었고 그 대신 남은 돈으로 시골집을 지었던 것이다.
   아버지는 위채의 지붕 청소를 막 끝내고 아래채로 가
려고 사다리를 내려오고 있었다. 나는 머리에 밀짚모자를
쓰고 목에는 수건을 두르고 아직도 나뭇결이 선명하게 드
러나는 서까래의 거미줄을 털어 내고 있었는데 아버지가
물으셨다.
   "영이 애비 그 나무들 대패로 깎을 때 생각나는지 모르
겠다."
   "너그 외할아버지한테 죄스럽더라. 그 서까래만 만지면."
   집을 지으려고 막상 시작하려니 어디서부터 어떻게 할
지 몰라 하던 아버지는 마침 목수 일을 하셨다는 외할아

버지의 도움을 청하게 된 것이다. 사십 리 먼 곳에 있던 외할아버지는 아예 거처를 우리 집으로 옮겼다. 그 뒤 아침마다 어린 나를 깨워 기복 많은 긴 나무들을 자르고 대패로 밀어 미끈한 서까래로 만들었다.

아버지를 보았다. 엷은 가을 햇살을 받으며 기와 사이를 정성스럽게 쓸어가는 아버지의 뒷모습이 슬퍼 보였다.

두 채의 집을 두 해에 걸쳐서 다 지은 그해 겨울은 외할아버지의 회갑이었다. 잔칫날은 드물게 초겨울 찬비가 내렸고 펑하고 터지는 사진기 소리에 놀라 이모들의 치마폭에 숨어들던 꼬마 이종들의 모습이 떠오른다.

비가 내린 가운데 회갑을 맞은 이듬해 늦은 봄 외할아버지는 암으로 돌아가셨다. 집을 짓느라고 고생해서 얻은 병이라며 울음을 못 참아내던 부모님 곁에서 일찍 할아버지와 할머니를 여읜 나 또한 슬픔에 덩달아 울던 기억이 새롭다.

아버지는 지붕 청소를 끝내고 아래채의 집 기둥과 서까래를 마른걸레로 닦고 있었다.

"아버지 이제 이 집 누가 지키지요."

"모르제. 내가 살 때까지는 괜찮겠지만서도."

아버지는 말끝을 흐리셨다.

그때 도시의 큰 집 두 채 값에 해당했던 아버지가 산 그 소중한 땅은 다 팔아도 지금 중형 전셋집 하나도 못 얻게 되었다. 그에 더하여 이제 농촌의 땅은 보잘것없다 못해 떠나가는 농가들로 하여 버림까지 받고 있는 것이다.

도시에다 집을 사놓지 않은 아버지의 안목 없음을 원망한 적도 있었다. 그러나 명절 때 내려가 보면 하나둘 늘어나는 폐가를 이야기하면서 한숨짓는 아버지의 모습을 볼 때마다 나의 원망이 죄스러워지곤 했다. 불과 20년 사이에 벌어진 도시와 농촌의 너무나 큰 격차를 담담히 지켜보신 아버지로서는 더욱 가슴이 씁쓸하시리라.

아버지와 함께 마지막으로 마루를 닦고 마당을 쓴 뒤 나는 깨끗하게 청소된 집을 바라보았다. 굴뚝에서는 연기가 피어오르고 아까 치울까 하다가 아버지의 만류로 그냥 둔 제비집 두 개가 그렇게 살다가 비워진 마을의 집들처럼 처마 끝에 하나, 안쪽 대들보에 하나가 매달려 있었다. 어쩌면 이 집도 그러할지 모른다는 생각이 들어 고개를 돌렸다.

"아버지 저는 부자예요. 집을 두 채나 물려받게 될 테니까요."

아버지는 웃으셨고 나는 한동안 집을 바라보며 그렇게 서 있었다.

어둠에 잠기는 텃밭 쪽을 보았다. 외할아버지의 호통소리가 들리는 것 같았다.

"꼭 잡지 않고 뭐 하노. 대팻날이 어긋나잖아 이눔아."

그런 외할아버지는 가셨고 혼자 남아 시골집을 지키시던 외할머니마저도 작년을 마지막으로 그 집을 떠나 하늘

나라로 오르셨다.

　작은 연못을 지나면 돌담길이 끝나는 그곳에 있었던 나의 외갓집은 이제 영원히 기억속의 공간이 되어 버렸다.

　어떻게 될 것인지 이렇게 전형적인 한옥, 나의 시골집은. 손주들과 이야기꽃을 피우는 안방 어머님의 목소리가 아직은 힘 있어 기쁘다.

　아버지의 집을, 아니 나의 집을 지키고 싶다.

3.

내게로 오려무나

사진 정화령

박광진

항해

비가 멈추자 까마귀를 내보냈으나
돌아오지 않았다

까악까악 소리에 잠을 깼다
까마귀 영역에 내 집이 있나 보다
일어나 도망치듯 집을 빠져나왔다
안전한 나의 영역 일터로 가기 위해

그래서 집은 불안했는지 모른다
어쩌자고 내가 그 영역에 들어가게 되었는지
그래서 제대로 잠을 못 자는 건지

홍수 이후 나의 영역은 없어졌다
오늘도 자리에 앉자마자 서둘러 항해를 시작한다

내게로 오려무나

첫눈을 맞이하려면 적어도 일 년의 기다림이 있어야 하
지 않겠느냐
그 기다림 후에 눈이 내리는 그곳에 있어야 하지 않겠
느냐
기다림이 꽃씨 속에 숨겨 둔 눈 같거든
내게로 오려무나
이곳은 눈을 감으면 눈이 와
별빛 쏟아지듯 눈이 내려
벽지에 창호지에 밤새 눈이 쌓여
눈 밝은 밤
꽃씨 터뜨려 터뜨려 눈 틔우자꾸나

박광진

빈자리

집에 혼자 돌아왔다
너의 빈자리를 차가운 그림자가 차지하고 있다

멈춰버린 차들의 무덤 고속도로 터널 속에 너를 묻고
왔다
지난 십여 년의 정이 서러움이 되어
목덜미를 묵직하게 눌러왔다

네가 오고 나서 많은 것이 달라졌다
나를 언제고 이 땅 어디든 데려다주었다
가고 싶은 곳을 갈 수 있다는 것은
땅의 지경을 넓히는 일이었다
먼 곳까지 가서 깊숙한 곳에 나의 영역을 표시하였다
틈만 나면 무언가를 가져다가 나의 몸 구석구석에 문
신처럼 새겨 놓았다
뿌듯함이 옆자리에 앉아서 몇 번이고 오르가슴을 느
꼈다

당분간 이대로 있으련다
너 아닌 다른 것은 생각할 수도 없으니까

잠언箴言

박
광
진

도시로 전학 오던 날
아버지는 내 손을 꼭 잡고
4차선 횡단보도를 건넜다
아버지의 잠언 한 편을 들려주신다
- 횡단보도를 건널 적에는 먼자 왼짝을 보그라잉~~
- 근담에는 중간에 와서 오른짝을 봐야 헌다 알것제~~
횡단보도에 서면
굳게 잡은 아버지의 손이 나를 이끈다

박
광
진

아가야 청산 가자

아가야 청산 가자
서러운 날
저편 기억 묻어 두고
나와 함께 가자

아가야 청산 가자
푸르른 날
바닷바람 일렁이는
섬으로 가자

아가야 청산 가자
햇볕 따스한 날
보리밭 사잇길을
어깨춤 추며 가자

나와 함께 청산 가자
궂은날도 갠날도
두 눈 맞대고
살갗 맞대고 살아가자

국밥

박광진

삼천 원짜리 국밥을 먹는다
우체국 건물 지하
비틀바틀 간이 의자 몇 개를 거느린
너저분한 테이블 서넛 있는
길거리 포장마차 같은 한양식당
새는 소리로 물을 달라는 노인
낮술 들고 있는
새까만 기름때 묻은 작업복의 일꾼들
앉자마자 주인이 터억 내미는 국밥을
땀을 흘리며 먹는다
소포를 부치고 와서
수신자는 겨울

박
광
진

하얀 까마귀

나는 커다란 카오스 속에서
홀로 도심을 방황하는 까만 칠한 까마귀가 되었다
그 사과는 벌써 내 차지가 아니었음에도
나는 먹기 위해 땅을 쪼아야만 했다
매초를 반복하는 시계추 되어
의미 없는 숨을 들락거려야 했다

정오의 한낮 모래알처럼 반짝이는 눈보라 속에
하얀 까마귀 선회한다
구름 뚫고 솟은 산 위의 고사목에 내려앉는다
안개 낀 회한의 동편 길이 아득하다

이제 솟구쳐 날아가리라
이무기 되어 허물 벗어 던지고
언젠가 보았던 남쪽 나라
햇빛 길게 드리우는 보라색 꽃 피는 커다란 나무 위에
새 둥지를 마련하리라
빽빽하고 황량한 숲속 세상 버리고

상사화

박광진

나는 꽃입니다
상사화가 아닙니다
차라리 이름 모를 꽃이라 하십시오
왜 이루지 못한 사랑이라고 합니까
어찌 가슴 아프다고 합니까
이슬이 슬픔입니까

불갑사에서 나는 꽃에 누웠다
거기에 상사화는 없었다
꽃은 항변하고 있었다
이렇게 그대에게 안겨 있는데
나는 붉어져 있는데
눈물겨워 우는데...

돌아오는 길에
꽃 속에서 향기로운 잠을 잤다

눈을 떴다
어두워진 강변북로에 꽃무릇이 만발해 있다

박
광
진

짝사랑

혼자 에어컨 앞에서
설렁탕을 한 숟가락씩 설렁설렁 구겨 넣으면서
시를 쓰고 있다
하필 이 시간에 시감이 떠오를 게 뭐람
언제부터인가 뭔가 생각날 때 쓰지 않으면
낡은 메모리가 새는 곳이 많아져서
금세 사라져버린다
그래서 자다가도 뭔가 떠오르면
일어나 스마트폰을 톡톡거리곤 한다
하루 종일 시를 생각하는데도
시는 도도하고 냉랭한 걸 보니
어릴 적 짝사랑하던 때가 생각난다
앉으나 서나 자나 깨나 떠오르는 얼굴
그리움에 상사병이 날 것만 같았었다
그러나 그녀는 다른 사람을 좋아하는지 내게
눈길조차 주지 않았다
내 짝사랑을 아는지 모르는지

낙화유감

꽃이여 가만있으라
너를 보며 봄이 다 된 듯 호들갑떨었더니
벌이 되어 이 꽃 저 꽃 정신없이 탐하게 하더니
봄밤에 마실가야겠다고 들뜨게 하더니

다정하여 잠 못든 남정네는 어찌할 것인가

이화를 탓하란 말인가
월백을 탓하란 말인가
자규를 탓하란 말인가
아니 이조년을 탓하란 말인가

무책임하게 낙화유수를 논하며
떨어지면 그만인가
꽃비에 버스커버스커는 연일 노래하는데
너는 제발 가만있으라

박광진

겨울비

이러지도 저러지도 못한다
밤새 골목길만 서성이고 있다
용기를 내어 집으로 쳐들어간다
주인 없는 빈방에 앉아 후회의 눈물을 쏟아낸다

미워하지는 않았었다
하지만 너보다 나를 더 사랑하였으므로
너의 아픔을 받아주지 못하고
오히려 너를 외면했다
나를 더 사랑하였으므로
나도 다른 사람에게 잘해줄 수 있음을 보여주고 싶었다
그것이 너에게 얼마나 큰 상처가 될지도 모르면서

이제는 어쩌지도 못한다
아무리 정을 주려 해도 차가워져 버린 너를
아무리 붙잡으려 해도 빗물처럼 흘러내려 버리는 너를
깜빡거리는 고장 난 가로등처럼 문득문득 생각나는
너를
골목길에 찢어 널브러진 젖은 우산 같은 우리 사이를

어떤 변명에 대하여

박광진

스물셋의 젊은이가 자화상을 그린다
붓끝으로 방황의 길을 그린다

그리운 사람에게 말했다
내가 죽고 네가 살아야 하지만
네가 죽고 내가 산다고

뉘우치지 않겠다고 하면서도 남의 눈과 남의 입을 보
면서 서러운 꽃을 피웠다
그렇게 팔십오 년을 개처럼 숨을 헐떡거리면서 살았다
나를 키운 건 팔 할이 바람이었다고
아니 연꽃을 만나러 가는 바람이었다고 자위하면서

막걸리 한 잔에 목이 쉬게 육자배기를 불러도
닫힌 문에 기대에 서도
동백꽃은 문을 열지 않더냐

한 송이 국화꽃을 피우기 위해
봄부터 소쩍새는 그렇게 울었고
천둥은 먹구름 속에서 그렇게 울었고

간밤에 무서리 저리 내려야 했음을 몰랐더냐

하늘에 무서운 매가 있는 줄 몰랐더냐

너는 평생을 뻐꾸기 소리에 시달렸다
향단이에게 하늘로 올려달라고 매달렸다
연꽃에게 말했다 영 이별은 말고 다시 만나자고

현명한 소크라테스는 알았다
지식도 지혜도 덧없음을
죽어서도 지켜야 할 것은 양심과 정의였음을

유두종 바이러스

박광진

삼성전자 강남사옥 앞 노상
겨우내 혹 같은 번데기 집 짓고 농성 중

내 몸에 혹처럼 불거진 사마귀
몇 년째 나를 괴롭히고 있다
아무리 쥐어뜯어도
피가 나게 뜯어내도
죽지 않고 끈질기게 버틴다

한때 숙주의 몸이었으나
면역력이 약해져
유두종 바이러스 침투
회한의 혹이 되어
이제는 귀찮은 존재, 제거 대상

바이러스만 처치하면
사마귀는 죽고
새살이 돋을 것이다

75

백혈병으로 죽어도
피해자는 있었지만
산재 아니다 하고
돈이 긴 칼 찬 미야사무라이* 되고
돈이 감시자를 강 건너에 앉게 하고
비겁도 아무렇지 않고
구경거리여도 무시하고
유치도 찬란하고

유두종 바이러스가
자꾸 혹을 만드는데
나는 마사지만 하고 있다

* 미야사무라이: 궁가宮家에 충성하는 사무라이

사진 정화령

4.

골목을 위로하는 바람이 되어

사진 이호정

오월

오늘도 멀리서 당신이 오시는 모습을 그립니다만
아직은 구비구비 저 길이 많이 남아 있는 것 같습니다만
괜찮습니다 내가 사랑하는 거니까
내일 아침에는 저 지평선 위 느티나무 아래에 나가
조금 앉아 있어 볼 작정입니다만
노란 바람개비가 들판 천지에서 돌아가면 바람 불어
촛불마다 일렁이면 슬그머니 몸을 일으켜 보렵니다만
내가 그토록 바라던 시간들은 죄다 어디로 갔는지
어느 때 슬쩍 스쳐 지나가 버렸는지 오고 가는 때를
모르고
재떨이와 커피잔과 휴지통 사이에서
구겨진 종잇조각을 쓸어 담듯이 하루를 보내고 나면
서러워도
서러움만이 내게 힘을 주어도 슬픔만이 나를 살아가
게 해도
괜찮습니다 그냥 하릴없이 사랑하는 거니까
돌아오마 하지 않은 당신을 기다리는 거니까
그냥 오월이어서 기다리는 거니까

소주

손승휘

바람 불고 추운 것이
봄이 이제 곧 오려나 싶어
친구들과 모여 앉아 돼지갈비,
왕갈비 말고 가짜 돼지갈비,
밥 몇 공기에 빨강색 클래식으로
사연이야 많지만 묻지 않기로 하고
찝찔한 눈물 몇 방울을 나누어 마셨다

열흘을 걷고 또 걸었다는 친구는
눈이 한결 깊어져서
지리산의 안개, 섬진강의 햇살
그 많은 바람을 죄다 마셔버렸노라고
허풍을 떨며 술잔을 든다

언제였던가,
벚꽃이 피던 거리를 기억한다면
어디였던가, 모래밭에 둘러앉아
노래하던 날들을 기억한다면

이제 돌아오라

폭풍우 몰아치던 밤에도
우리는 모여 앉아 술잔을 나누었고
찬바람 살을 에는 날에도
우리는 모여 앉아 술잔을 기울였다
돌아오라 잊지 않았다면

돌아오라
이 봄에, 하릴없이 좋기만 한 봄에

자작술

손승휘

세상 다 취해도
나는 아니라고 하다가
눈이나 흘겨주고 지나치다가

내가 그렇게 되는 날도 있더라
무덤 같은 방, 자작술에 취해 오른
산중의 저 절간은 있었더냐 없었더냐

꿈속과 현실이 구분되지 않아서
허겁지겁 수습하고 나면
허전하더라 온전히 합쳐지면 좋았을걸

언제쯤 나는 일으키려나
쓸 만한 정신분열을

골목을 위로하는 바람이 되어

손승휘

서리 대신 이슬 맺힐
풀잎 하나 없는
골목에서 골목으로 이어진
골목을 바라보며 다만, 내가 가진
담배 한 개비를 물고
골목에서 골목으로 서성인다

우리 인생이 이렇다면
너와 나의 사랑이 이렇다면
그저 담배 한 개비를 피울 동안 만큼이라도
세상이 잠시 내게서 멀어져 가
잠깐이겠지만 행복할 때가 있었다면
봄날에, 이 좋은 봄날에

나는 이제 바람이 되어
너의 손을 스치는 바람이 되어
너의 고운 이마를 스치는 바람이 되어
너의 골목을 위로하리

풀잎 하나 스쳐갈 곳 없는
골목에서 골목으로 불어가는
서글픈 바람이 되어

동천

가끔 무엇으로 세상을 살까 싶을 때가 있다. 무엇으로 버틸까 조바심이 날 때가 있다. 그럴 때면 골목에 나가 담배를 피워 물고 어슬렁거린다. 가끔 나처럼 어슬렁대며 지나가는 길냥이들을 구경한다. 한밤의 사냥을 나선 길냥이들. 사냥터가 없는 사냥. 비루먹은 눈빛으로 쓰레기 몇 개 때문에 영역싸움을 벌인다. 겨울이 다가오면 언제나 눈에 뜨이는 것은 대부분이 새끼를 가진 모습이다. 어쩌려고 그러는 거냐. 나도 나기 힘든 혹독한 겨울을 무슨 수로 새끼 낳고 기르려고 드는 거냐. 자신은 있는 거냐. 올 겨울의 혹한이나 견뎌야 하는 기간에 대해서는 내가 훨씬 더 많이 아는데, 나보다 더 좋은 계획이 세워져 있는 것이냐. 난 계획이 없다. 있어도 세우나 마나 한 개떡 같은 계획이지. 올봄에 새끼들에게 사냥터를 물려주고 떠난 삼색얼룩이처럼 너희들도 그렇게 성공하리라는 막연한 기대를 가지고 있는 거냐. 집에서 사는 네 친구들은 십 년도 더 사는데, 사냥터의 너희들은 잘 버텨야 삼 년인 것은 바로 너희들에게 좋은 사냥감을 잡을 기회가 없어서야. 아, 물론 나도 그다지 좋은 걸 얻어먹고 살지는 못하지만 그래도 가성비는 제법 따질 줄 알지. 언제인가는 이런 고민을 그만해도 좋을 때가 올 것이다. 누구에게나 마지막은 있는 거니까. 가끔

그만하고 싶어진다. 너도 그럴 테지. 길냥이의 눈을 바라보며 혼자 중얼거린다. 익숙해져서 달아나지도 않고 언제나 인사를 나누고 유유히 다시 사냥을 하러 가는 검은 망토에 흰 장화를 신은 길냥이. 우리는 같은 사냥터에서 사이좋게 살고 있다. 사냥기술은 길냥이가 조금 더 뛰어나고, 대신 나는 눈치가 조금 더 빨라서 하이에나에 가깝다. 알아두어야 할 사항이다. 고양잇과보다는 갯과의 동물들이 더 높은 먹이사슬에 존재한다는 것. 그리고 나는 갯과라는 것. 그걸 믿고 올 겨울을 지내야겠다.

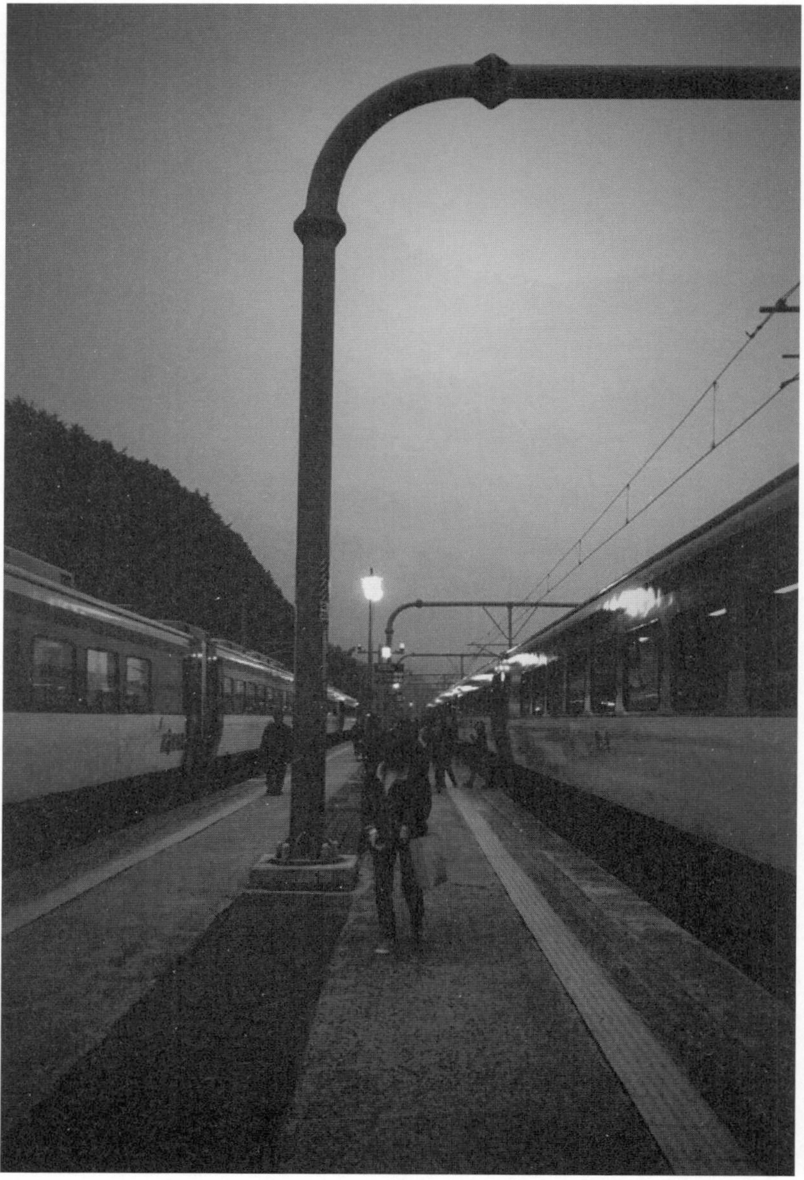

사진 정재숙

손
승
휘

세밑

가슴속에 돌덩이 하나 얹어놓고 살아야
바람 불어도 볼썽사납게 흔들거리지 않을 것이다
생목에 간장종지 엎은 듯이
가끔씩은 쓴물을 삼켜야
아픔도 아픔처럼 바라보는 법이다
흐린 비가 내리는 날 어느 선술집
동그란 탁자에 앉아 마시는 소주맛이
날마다 새로운 나날이고 싶으면, 그게 좋으면
적어도 돌아서서 남몰래 뜨거운 눈물
몇 번은 닦아야 하는 것이다
인생을 알 만큼 알았다고 자부하자면
사랑에 몇 번 데었다고
무용담이라도 늘어놓으려면
어느 날 시덥잖은 영화대사에도 울컥,
울컥거려야
서러움이 서러움처럼 믿어질 만한 일이다
비 내리고 바람 불어도
단 한 번도 쉬지 않고 걸었던 길목에
비척거리면서 오줌 몇 번 갈겼어야
슬픔도 슬픔처럼 진정으로 깨닫는 것이다

이 세상 어느 천지에 너만 두고
그냥 가는 한 해가 있겠느냐
그렇게 싱거운 인생이 있을 리 없는 것이다

손승휘

사랑하려면

누군가에게 무엇이 되려면
먼저 내가 나에게 무엇이든 되어야 한다

나를 지하실 구석에서 끌어내
햇빛 아래로 당당하게 내어놓아야 한다

내 눈을 사랑하고
내 코와 입을 사랑하고
내 썩어가는 이빨을 사랑해야 한다

그다음,
그 사람을 사랑하고
그 사람의 친구를 사랑하고
그 사람의 고양이와 개를 사랑해야 한다

마지막으로,
서러워서 울어야 한다

가슴

어느 날, 저 숲속을 지나가는 바람이
당신의 가슴을 아프게 한다면
당신은 거의 신의 영역에 다다른 것입니다만
어느 날 그 사람 때문에 당신의 가슴이 아파온다면
참을 수 없게 가슴이 찢어지는 아픔을 느꼈다면 안타
깝게도,
당신은, 치명적인, 사랑에 빠진 것입니다

욕망이라는 이름의 텃밭

냉장고에서 막대 치즈를 세 개 꺼낸다
얼어붙은 커다란 자두 한 개, 식빵 두 개를 꺼낸다
발라 먹는 마가린과 떠먹는 치즈를 꺼낸다
콩기름에 재었다는 녹차김 두 개를 꺼낸다
내가 가진 전부다

식빵을 구우면서 커피믹스를 탄다
자두와 막대 치즈를 번갈아 먹는다
식빵에 버무린 마가린과 치즈에 커피믹스를 더한 조화
마지막으로 김을 먹는다
내가 먹은 전부다

컴퓨터 앞에 앉아
배를 두드리면서 꿈을 꾼다
언젠가는

텃밭을 가지겠다
한 열 평이면 되겠다
두 평에는 고추를 심겠다
두 평에는 상추를 심겠다
두 평에는 부추를 심겠다
두 평에는 깻잎을 심겠다
두 평에는 옥수수를 심겠다

아내가 '여보' 하고 큰 소리로 외치면
텃밭에 나가 상추와 고추를 따서 돌아서겠다
늠름하게 아내를 향해 걸어가고
거들먹대며 밥상머리에 앉겠다
내가 딴 고추와 상추를 먹으면서
옥수수 속을 궁금해하겠다
언젠가는 꼭

헌시獻詩 - 아들에게

어느 날 저 먼 설산에서
천사가 내려와
치맛자락으로 커다란 바위를
일억 년 동안 쉬지 않고 쓰다듬었을 때
비로소 나는 섬진강의 짙은 안개가
그대의 숨결인 걸 알았다

계단마다에 심어진 햇살의 지문
멀고도 먼 밤하늘의 별빛이
길고 긴 우주를 걸어와
내 고단한 발길에 쏟아져 내릴 때
비로소 나는 흐르는 강물 위로
활공하는 저 작은 새의 이름이
그대의 이름인 걸 알았다

돌아서면 저 아스라한 땅끝에서
불어오는 바람과 바람, 수많은 바람
한 줄기 한 줄기마다
그대 이야기, 그대의 눈물
내가 찾아 헤매던 수많은 시간들

내가 이렇게 매일
어둠 속을 걸으며 찾는 그대, 그대여

첫눈이 왔으면 좋겠어

춥기도 추워서 앞집 할매가 고양이밥도 치워버리러 나
서지 못하는 한겨울인데 첫눈이 내리지를 않는 거야.

인민군 발싸개 같은 손싸개를 두른 할배의 골판지 챙
기는 손가락이 두 배로 커 보이는 엄동인데 첫눈은 내리
지를 않는 거야.

이제 너무 오래된 이야기라서 기억도 가물가물한 내
사랑이 찬바람에 얼어서 펄펄 내리는데 온 사방에 내리
는데 첫눈은 내리지를 않는 거야.

가슴을 치며 울어본 적도 없는 앙상한 가슴에 한번쯤
내려줄 만도 한데 겨울이 다 가도록 첫눈은 내리지를 않
는 거야.

속 아플 일도 없고 눈물로 밤을 새울 일도 없는 이즈
음에 첫눈이 왔으면 좋겠어. 참 좋겠어.

바다를 비추는 달처럼

손승휘

바다를 비추는 달처럼
수평선 너머 파도 위를 달려가는
고래들의 항해를 비추는 별빛처럼

흙바람 속 끝없는 사막을 가는
낙타들의 고단한 발길에 머무는 햇살처럼

둥지를 떠나는 모든 새들의 아름다움
아름다운 아픔들에 새겨진 시간처럼

노을이 나르는 새들의 날개
날개를 스치는 바람의 노래

세상의 모든 노래들 가운데
꼭 그대와 나만 아는 노래를 끝내 간직하듯
그대를 바라보면서 살아가려네

내가 사는 작은 골목 안 가로등처럼
밤하늘에 울려 퍼지는 휘파람 소리처럼

횡설수설

밥은 굶어도 구두는 닦아야 건달이라는데 나는 그 흔한 건달도 못 되고 떡 진 머리로 담배꽁초를 입에 문 채 창밖의 겨울비를 구경하고 있다. 웬 여자가 보낸 연말 카드 한 장. 나 같은 놈한테도 이런 게 오나, 열어보니 출마했다고 한 표 달라는 내용이다. 그럼 그렇지. 얼어죽을 문단 인간들. 새 식구가 된 고양이는 아직도 나를 보면 칵칵 울어댄다. 언제쯤 내가 아무 힘도 없는 나약한 놈이라는 걸 눈치챌까. 바퀴벌레도 못 죽이는 종이 심장이라는 걸 알게 되면 웃겨 죽겠지. 옆집 형님이 준 화분은 일주일 만에 시들더니 누군가가 생일을 축하한다고 보낸 꽃은 사흘 만에 시들어버렸다. 꽃들이 며칠도 버티지 못하는 곳에서 나는 용케 살아내고 있구나. 그래도 가끔씩 어디선가 새 울음소리가 들려오는 건 환청일까. 책먼지를 먹고 사는 하얗고 작은 녀석이 가끔 기어가는 걸 보고도 잡지 않는다. 너나 나나 굳이 서로 미워할 건 뭐냐. 물끄러미 비를 바라보다가 한번 본 영화 무뢰한을 다시 돌려본다. 너무 훌륭한 실패작. 너희는 훌륭하기라도 하지. 새벽빛이 도는 골목. 어디나 인생은 있다. 내가 살듯이 너희도 살고, 너희가 살아가듯이 나도 살아간다. 실패한 자들이 가진 몫. 시간은 누구에게나 있지만 누구나 가지지는 못한다. 오늘은 거울을 보지 말아야겠다.

5.

말의 유희

사진 손승휘

옥상에서

비 온다
봄비가 짜증나게 온다

꽃비가 내리는 날 누구는
꽃인 양 화사하게 웃고 누구는
꽃 찾아 엉덩이 흔들며 걷지만 누구는
버려진 화분 위로 끈질기게 버티고 있는
재미없는 옥상에서
유통기한 다 되어가는 버려질 치즈케이크와
봉지 아메리카노 커피 한 잔으로
꽃 하나 피우지 못하는 잡초를
헐렁한 티에 발보다 큰 슬리퍼 하나 신고
통유리 커피숍 부럽지 않은 척
우아하게 바라보고 있다

으슬으슬 추워오는 옥상
버려진 바가지 엎어 앉은 의자 때문에
다리에 쥐가 나지만
곧 죽어도 아늑하고 멋진 커피숍이라 우긴다

왜냐하면
짜증나게 봄비가 내리니까

권선옥

비를 맞자

비 내린다
우산 없는 자
비를 맞자
우산 가진 자는
용기 내야 맞을 수 있는 비
가진 것 없는 자만이
즐길 권리가 있는 비
늠름한 나무처럼
촉촉이 흐르는 침묵을 받아들여라
우산 가진 자
비를 잊고
우산 없는 자
비를 맞자

변심

권선옥

우리가 언제 사랑이란 걸 하기는 했나요
한껏 부푼 가슴 안에 그대 쏙쏙 넣고 다니던
때가 있긴 있었나요
바람마저 스쳐 지나지 못할 만큼
가지가지마다 마디마디마다
촘촘히 꽃피웠던 때가 있긴 있었던가요
무심히 지난 시간인 줄 알았는데
이제서야 알았네요
혼자라는 걸

또다시 세월 보내면
계절이 다시 오듯
다시 사랑할 수 있기는 할까요
그 순간을 기다리고 싶기는 한가요

이봐요, 누구세요?

오늘

당신과 내가 살던 좁은 골목길에
해 지니
바람이 그러더라
어둠이 두려우면 돌아가라고

돌아갈 곳이 있다는 것은
쉽게 돌아설 수 있다는 것
잡은 손 놓고
이마 위 가벼운 키스로
각자의 길 떠나는
오늘이 퀭하다

만날 때는 몰랐지
돌아갈 곳이 있다는 것이
이렇게 눈물 나는 것인지

말의 유희

친구에게 말했지
가벼워져라
가벼워져야 한다
가벼워질 것이다

다시 나를 위로한답시고
친구가 말했지
가벼워져라
가벼워져야 한다
가벼워질 것이다

난 친구를 째려보며 물었어
그래서 넌
가벼워졌냐?

권
선
옥

꽃

나 아직 꽃인데
골목 어귀에서 만난 검은 그림자
뛰어도
달려도
슬금슬금 따라와 결국
내 그림자를 잘도 씹어댄다

나 아직 꽃인데 벌써
죽음이 내 살점 파먹고 이 쑤시고 앉았네
거센 파도에 내가 실려 가는 것인지
이미 내가 파도가 되었는지
이승과 저승 사이를 비틀거릴 때
창틀에 갇혀 밤에만 피는 별들이
나를 깨웠다

이대로 잠들지 못하는 것은
아직 그녀를 만나 보지 못했다는 것
아직 내 피가 뜨겁다는 것
아직 하고 싶은 것이 있다는 것
그리고 무엇보다 죽음이
두렵다는 것

나 아직 꽃인데

사진 손승휘

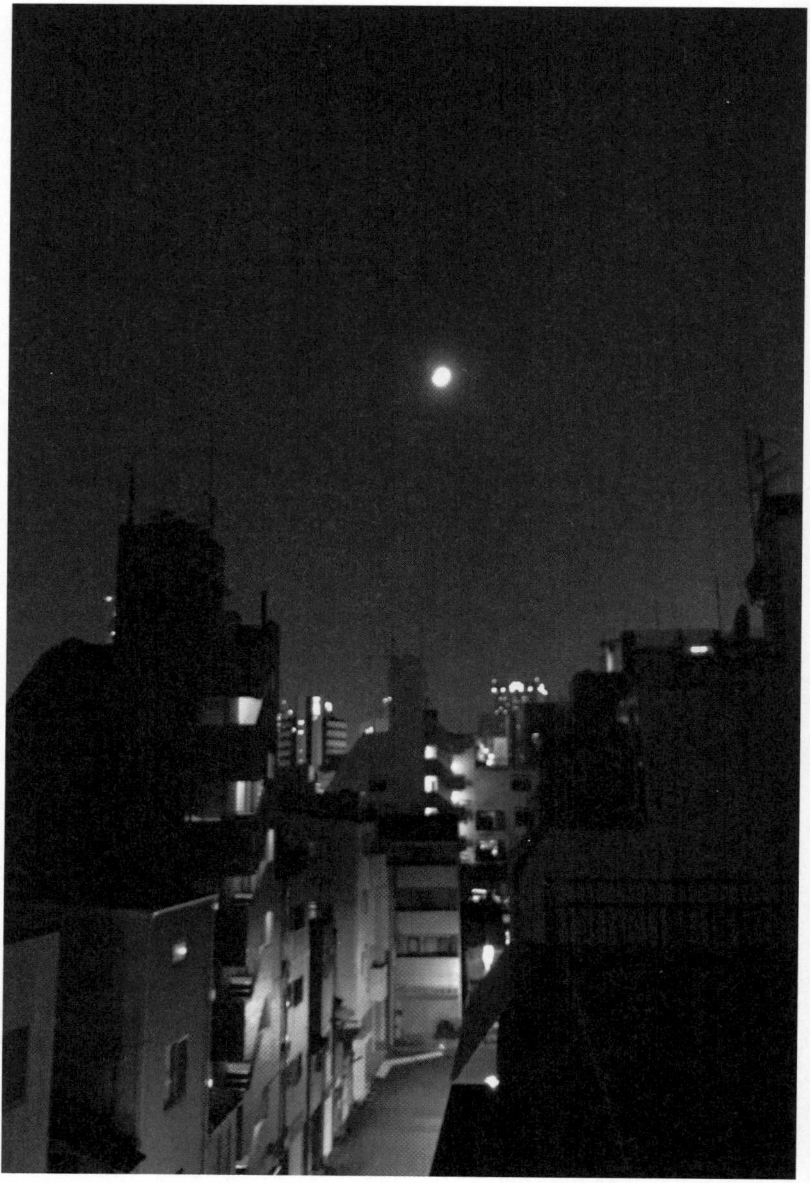

산책

떠난 사람 때문에
과거에 묻혀 산다는 것은
자신의 살을 뜯어 먹고 산다는 것

떠난 사람은
너에게 물 한 모금 남겨 두지 않았으니
미련 따위 버리라 했는데

그래도 눈물 흘러넘치고
그래도 잠 못 들어
그래도 미치겠거든

침묵으로 수행하는 나무에
죄 없는 돌부리에
무심히 맑기만 한 하늘에
괜스레 일렁이는 바다에
그대 마음 던져 버리길

그대 마음
그대도 버리지 못할 때
작은 새 한 마리가
그대 마음 입에 물고 날아가 줄 것을

권선옥

그녀

웃고 있는 그녀를 봐
그녀는 항상 웃지
뻴쭘해도 웃고
부끄러워도 웃고
재미있어도 웃는
거실 한 켠 거울 속 그녀는
그래야 하는 줄 아나봐
살면서 가끔
거울 속 그녀와 다른
또 다른 그녀들과 만나게 되지만
그녀들 중에 진짜를 찾으려는 어리석은 짓은 안 해
어느 그녀 또한 같은 그녀일 뿐이니까
다만
마음에 들지 않을뿐더러 정말이지
낯설기만 한 어떤 그녀를 받아들여야 할 때

차라리
멍청하게 웃어대던 그녀만 알았더라면 싶기도 하지
한동안 말없이 어떤 그녀를 보고 있자니
미워도 그녀 또한 나
사랑받고 싶어 하는 그녀
사랑하고 사랑받고 싶은 나

친구

감히 너의 아픔을 나누려 했지
내 아픔도 질질 흘리고 살면서

감히 너를 보듬어 주고도 싶었어
나 자신도 헐벗은 영혼이면서

하지만 우린 알지
벌거벗은 나무 혼자 들판에 서 있을 때
쉬어가고 싶은 작은 새 한 마리가
서로에게 축복이라는 것을

오늘도 감히 만나서 수다를 떨고
오늘도 어김없이 너를 기다려

너는 아무것도 아니다

그 시간 그 거리라고 하지 마
그때와 다르고
어제 마음 오늘 마음 같다고 하지 마
처음과 다른 것이 마음이야

너는 아무것도 아니라고
지금부터 다짐해야
아무것도 아닌 것이 되었을 때
아무것도 아닌 것처럼
아무렇지 않을 터이니

내 앞에서
그렇게 웃지 말고
그런 표정도 짓지 말아
그렇게 서성거리지도 말아
나, 아프다

6.

바다는 잠들지 않는다

사진 정재숙

석수장이

눈동자에 비친 돌의 이력서

망치와 정, 숨결뿐이다
탕 탕 망치질에
얼었던 시냇물 사이로
작은 짐승 머리 내밀고 물 마신다
온기가 돌아 어미 자궁 속으로 흘러들고

고사리 밭고랑 위 잠자리 떼 날던 하루가
검은 빛 속으로
다시 고요가 땅 위를 덮다

탕 탕 탕

고해하듯
살고 있는 돌의 속울음을 듣다

장독과 엄니

변
혜
연

장,
숨어든 바람과 볕에
흰 꽃 핀 메주
사해의 깊은 고요 속으로 잠길 때

엄니
하루도 빼지 않고 정화수를 올리셨지
정화수 한 사발이 염불이었었지

독,
흙으로 쌓아올린 벽 안에
꽃 피고 새 날고
담근 장 만삭인 채 서 있을 때

엄니
볕 좋은 날 장독 뚜껑을 열어 두셨지
뚜껑 열어 두는 게 수행이었지

물방울

대웅전 처마 끝
꽉 깨문 채 예불 나온 물방울

목어 소리에 놀란 새벽 종종걸음치니

북쪽 하늘엔 북극성 지고
낙하한다 물방울

어둠도 이슬처럼 풀잎 위에 버리고

강아지풀로
바위에 부서지는 파도로

굽이치는 강물을 건넌다

봄

변혜연

그녀,

행여 못 오시나 산 밑까지 마중 와
굽이굽이 속적삼 볕살에 널고
아랫도리 맑은 강물에
붉은 동백, 참빗질한다
버들강아지 쫓아도
매화 밭에 앉아 깽깽이랑 깨금발놀이

그녀, 일흔넷
찰방찰방 놀고 있다

변
혜
연

무료 급식소

일 년 내내
뜨거운 눈이 내린다

쳇소리 식판 위, 눈이 쌓인다
'밥값 200원, 물은 셀프라예'라는 팻말이 걸쳐 있는
입구 문턱

남루한 발걸음들
반짝
눈물을 찍으며
힘껏 무릎을 들어 올렸을 것이다

밤새 장독대 위 소복이 쌓인 흰 눈마냥
뜨거운 국 옆으로 쌓이는 흰 눈
더... 더... 외마디 말뿐
흰 산을 받아든 저 이웃의 어깨 너머

쨍

입맞춤의 하루

봄

산이 운다

바람 자지도 않고 밤새 풀무 불에 떼로 몰려다닌다

풀빛이 풀빛으로
산 빛이 산 빛으로

비명에 가깝다

얼음장 밑, 단말마 돌아 돌아 온다

발을 씻는 여자

여탕 안,
발가벗은 여자들 가득하다

빨간 수도꼭지는 뿌연 안개를 쏟아내고 있다
안개 사이
강판 위 오이가 갈리고 있다
달걀거품 뒤집어쓴 여자
동안이 대세라고
퍼런 얼굴을 찍어 내고 있다

안개의 빈 구멍,

타일 바닥에 앉은 여자
발가락 사이 딱딱한 덩어리로 함께 살아온
달아날 수 없는
또 하나의 여자를 끄집어내
"고맙다."
제 집처럼 눌러앉은 뒤꿈치 쉴 새 없이 만지작거리며
"오늘도 수고했어."

쏟아지는 물줄기 사이
바람이 분다

어느 날

나의 창에,
뙈기밭만 한 볕 들고 붉은 밭두렁이 있다

으랴 으랴
소가 가고

쉬 쉬

어허 어허

볕의 허리춤쯤
봄의 왈츠를 추고 있다

나의 창에,
홀연히 성호를 긋고 가는 붉은 바람

수족관 앞

변혜연

네모난 수족관 안으로 날아든 해고장

해풍에 파고드는 꼬리들
헝클린 숨소리로
속의 것 한껏 부풀려다 토해내고, 다시 삼키고

수십 가닥의 한숨소리
아무리 내던져도
시간 앞에 목숨 줄 내놓은 슬픈 은비늘

전어가 떼로 몰려가고
푸릇푸릇 고등어 불룩한 배로 튀어 다니는 바다가
젖은 숫돌 위 얹힐 때,

회 쳐진 나의 해고장

노목

붉은 칠 반쯤 벗어 버린 대문 앞
흙벽에 기대 삐거덕거리는 숨소리에
세든 새들 접은 날개를 펴 오른다

평생을 다해 옷 한 벌 걸쳐 입고

바쁘게 살다가
앓다가
검버섯처럼 피어난 옹이
수런거리고 있다
아침 이슬처럼 수런거리고 있다

그때를 팝니다

회색도시 안으로
빌딩 숲 안으로 조각 볕이 든다

부스럭거리는 시장이 된다
한 줄로 길게 늘어선 시렁이다

바람이 앉아도 삐걱거리는 나무의자 위로
레코드음악다실
푸른 밤 길어 올렸던 뭇 별들이 내려앉다
이 빠진 술잔 앞에서도 한줄기 바람처럼
산등성을 휘감아 오르던 시절의 노래가 흐르고
빨간 물앵두 포스터 내걸리는 통에 수캐들은 뒤 마려
운 꼴로
호각소리에 뒷골목으로 냅다 달려들면
사진사 흰 이를 드러내고 웃으면
"펑" 셔터를 눌러 모두 눈감아 버렸던 그때

그때를 팝니다

변혜연

바다는 잠들지 않는다

바다는,
만월에 안겨 잠들지 않는다

할싹 할싹
온통 어미의 숨소리
옷섶에 숨긴 부푼 가슴이여

아비
그물 짜듯 바람줄 갯벌 위에 내건다
쑥, 별가리비 얼굴 내밀고

밤새 흰 달빛 속으로 옹알이를 한다

봄볕

변혜연

빨래 챙겨
강가로 가시던 어머니

방망이질 소리에
강 너머 대밭은 우우거리고

서럽다고
혼자 핀 복사꽃
꺼내든
물빛 맑아지는 소리

봄볕
가볍게 날고 있다

변혜연

가을 숲

가을엔 숲으로 난 길을 걷자
햇빛 한 올이 햇빛을 부르는 사이
바닥에 늘어진 그림자와 왈츠를 추자

가을엔 숲으로 들어가자
산새들의 하모니에 열매 터지는 소리
수런거리는 숲을 노래하자

가을엔 숲으로 난 길을 날자
온종일 눈부신, 여름 부스러기들 벗어 내는
비우는 가을 숲과 어깨동무하자

가을 숲은 뺄셈

그리움

젖가슴마냥 부푼 어둠이
웅크리고 앉은 그림자 옆으로 서 있다

암흑에서 뽑아낸
바람 손
하늘 벽에 그물을 친다

허공을 걷듯 기어오르는 달팽이
세상 문 닫힌 곳에
별이 되었다
푸른 별이 되었다

7.

헤밍웨이, 세르반테스... 그리고 집시

사진 이미경

헤밍웨이, 세르반테스… 그리고 집시

여행에 환장한 년답게 이 정도는 참는다고 꾹꾹 눌러보지만, 스물한 시간의 비행은 장난이 아니다. 축사에서 사육당하듯 빨간 모자의 사육사들이 던져주는 빵과 와인을 삼키면서 변하지도 않는 창밖을 보다가 철 지난 영화를 보다가 억지로 졸아보기도 한다. 그런데 그게 끝이 아니다. 두바이에서 사막에 어울리지 않게 바벨탑들로 가득한 풍경을 유리창 너머로 바라보면서 다시 두 시간 반의 대기. 커피값이 우라지게 비싸서 짜증을 보태고, 눈앞을 지나가는 아랍 남자들이 잘생긴 게 그나마 위안이다.

포르투갈의 리스본 공항에서 내려 코메루시우 광장으로 향했다. 포르투갈이라면 누구나 콜럼버스를 생각할 것

142

이고, 스페인이라고 하면 누구나 투우장을 상상할 테지만, 내게 있어서 스페인은 헤밍웨이의 나라이다. 아, 헤밍웨이는 스페인 사람이 아니라 미국 사람인데, 내 일관된 관념이 너무 이상한 건가?

여하튼 난 콜럼버스와 무적함대에 관심이 없다. 리스본은 나에게 유일하게 '리스본행 야간열차'라는 영화로 기억

되는 도시이고, 늙을수록 멋있어지는 제러미 아이언스처럼 야간열차를 타고 누군가를 찾아 나서는 일은 없을 테니 어서 스페인으로 넘어가고 싶을 뿐이다. 아, 포르투갈에서 느낀 한 가지, 대서양이 정말 항해하고 싶게 만들어준다. 그래서 콜럼버스도 배를 타고 미지의 세계를 기대한 건 아닐까?

스페인을 향해 달리는 버스 안에서는 아말리아 호드리게스가 '파두'를 부르고 있다. 슬프고 애달픈 곡조. 잔잔하다 못해 추억과 그리움이 천천히 아주 천천히 흐르는 나라에서 잃어버린 시간을 찾아 헤매는 집시들의 검은 머리칼에 꽂힌 빨간 장미. 대서양의 끝 수평선만큼이나 멀어 보이는 인생의 꿈, 장미는 시들고 하필이면 석고로 뜬 데드마스크처럼 창백한 이민자들의 머리칼에서 시들어가는 빨간 장미.

　스페인 도착. 어디나 성당은 성스러움보다는 화려함으로 눈길을 끈다. 스페인 광장. 푸드덕 비둘기가 날아오른다. 달려가는 말들의 어지러운 말발굽 소리, 물길을 돌아가며 반달 모양의 다리를 건너니 조그만 배를 띄우고 노니는 귀족들의 웃음소리가 들리는 듯하다. 북적대는 사람들, 수많은 인생들이 천 년 이상을 흐른 시간들이 비껴간다. 허리를 꼭 죄고 부채를 든 여인들의 화상, 자기가 최고인양 으스대던 기사들, 광장에서는 세월 속의 과거가 모였다 흩어진다. 나는 다만 구경한다.

　세르반테스의 묘비명에는 이렇게 쓰여 있다고 한다. '미쳐서 살고 깨어서 죽다.' 둘시네야, 둘시네야. 부르고 또 부르던 이름. 사랑하는 여인에게 귀부인 같은 이름을 붙이고 돌고 도는 풍차에 덤벼들었던 키호테라는 이름이 허구

속에서 살아가는 방법이었을까. 긴 창과 몸보다 큰 갑옷에 양동이 같은 투구, 우스꽝스러운 몸짓, 무모하고 어리석은 행동을 한 키호테가 밤소동을 벌였던 여인숙에서 느낀건, 세르반테스가 소설 속에서 말하고 싶었던 것이 어쩌면 가장 순수한 세계를 살아가는 인생을 그리고자 한 게 아닐까 하는 짐작이다.

　구시가와 신시가를 이어놓은 누에보 다리, 그리고 깎아지른 듯한 협곡 위에 즐비하게 늘어선 저택들을 바라본다. 론다. 비로소 헤밍웨이의 도시에 왔다. 기나긴 협곡을 가로지르는 물줄기는 어릴 적 보았던 '누구를 위하여 종은 울리나'를 떠올리게 했다. 마리아를 떠나보낸 조던이 절벽에 길게 뻗은 길 어딘가에 기관총을 끼고 앉아 있을 것만 같다. 누구 머릿속에서 나왔는지 알 수 없지만 '인터내셔널리즘'은 수많은 엉터리 군인들을 만들어냈다. 총도 쏠

줄 모르는 얼치기들이 이데올로기에 휩쓸려 스페인으로 왔다. 사랑은 끊임없이 인간을 유혹하고 희생을 하게 하고 또 다른 상처를 남기기도 하지만 전쟁에서도 버릴 수 없는 게 사랑이기에 어떤 이데올로기도 신념도 사랑 앞에서는 별게 아니었을 것이다. 바람처럼 사라져간 삼 일의 시간이 그들에게는 영원이었을 거라고 뜨겁게 불어오는 바람에 몸을 맡긴 채 젊은 영혼들을 위로해본다. 과연 누구를 위하여 좋은 울렸을까?

지중해의 태양이 타오르는 하늘에 석양이 진다. 봄인 듯 아닌 듯 드문드문 피어 있는 꽃들의 궁전의 길을 열어주면 과거로의 여행을 시작한 여행객들의 가차 없는 발길이 궁전 안 구석구석을 유린한다. 그러나 미로처럼 찾아 나선 길에 깜깜한 밤이 찾아들고 하나둘 등불이 켜지면 궁전은 마법처럼 천사들이 날아오를 듯 유유히 축제의 시간이 되고 저 너머 있는 왕과 왕비들이 영혼이 있다면 깃털처럼 살며시 기웃거리며 찾아오겠지. 궁전 한가운데서 올려다 본 하늘엔 별 하나가 반짝이고 천국의 열쇠를 가진 베드로가 문을 연 걸까. 느닷없는 가슴 떨림에 삶을 느끼고 눈을 감아버렸다. 흐르는 시간 속에 가브리엘 대천사의 사랑스런 눈길이 내 맘속에 들어오니, 구름이 가려버린 달빛이여.

I love you forever(영원히 널 사랑해) I'll be loving you forever(널 영원히 사랑할 거야) Even if you took my heart and tore it apart(네가 내 맘을 가져가 산산조각내어도) I would love you still forever(영원히 널 사랑할 거야)

P.S / 늘 여행을 꿈꾼다. 스페인을 다녀온 지금도 떠남을 생각한다. 정열적인 또 다른 집시들을 만날 것이고 헤밍웨이가 갖고 싶어 하던 온전한 사랑을 꿈꾸며 키호테의 엉뚱함과 순수함을 찾아 나설 것이다. 그리하여 내딛던 발자취의 기억을 내어주라면 동백꽃 꽂고 빙글빙글 춤추던 스페인의 무희에게 기꺼이 내어 주리라.

아버지

달이 져버린 골목길
빛나는 가로등 불빛 아래
비척거리며 걷는 발걸음이
바람보다 더 시려 보였다
돌아갈 수도 나아갈 수도 없었던
막다른 골목 어딘가
헉헉거리며 쏟아내는 속울음도 잠겨 있다

아, 아비의 가을은 온통 붉음이었겠다

서글픈 노래를 흥얼거리며
길고 긴 골목 안을 서성이던
아비의 가을이
틈쑥 생각나는 밤
보고 싶다 내 아버지

사진 이미경

유월

푸르름이 너무 깊어
툭 눈물처럼 쏟아져 내리려
하는 날
떠다니는 구름 너머 바닷속으로
풍덩
월담하고픈 날
바람이 불어
상쾌한 하루
유월의 오늘

사진 이미경

155

간격

사람과
사람 사이의 거리는
바람이 지나갈 수 있는 만큼의
간격을 두는 게
좋다고 하더라
딱
그만큼이어야
기대지 않고
외롭지 않은 것
그러니까 우리도
딱 그만큼의 간격을
두고
지내보자
바람이
지나갈 만큼의 거리

공항

이미경

떠나가는 사람도
돌아오는 사람도
표정 없는 얼굴
배웅하는 사람도
마중하는 사람도
무심한 얼굴
손수건으로 눈물 찍어내던 사람들
돌아보고 또 돌아보며
못내 아쉬워하던 풍경은
흘러간 유행가 된 지 오래
사람들이 넘쳐나고 번쩍번쩍
상점은 늘어났지만
마주잡은 손을 끝내 놓지 못하던
촌스럽던 시절이 보고 싶다

8.

피지컬 섹스(physical sex)

사진 정화령

이
승
은

피지컬 섹스(physical sex)

사진 정재숙

그해 여름

　　그녀는 오래도록 잠을 잤다. 눈을 떠보니 침실이 아니라 서재의 바닥이었다. 바닥엔 얇은 홑이불 한 장이 깔려 있을 뿐 그녀는 알몸인 채였다. 그녀는 자기가 침실이 아니라 어떻게 서재 바닥에서 자게 되었는지 기억이 없다. 바깥에는 비가 부슬부슬 내리는 흐릿한 날씨라 지금이 새벽인지 저녁인지 분간도 가지 않았다. 잠이 덜 깬 눈을 찡그리고 벽시계를 보니 5시였다. 새벽 5시인가 아니면 오후 5시인가?

　　안나 게르만이 부르는 '나 홀로 길을 가네'가 꿈속에서처럼 몽롱하게 들려왔다. 기타 반주로 시작하는 노래는 끝없이 이어지는 안개 자욱한 길을 연상케 했다. 그는 집에서 술을 마실 때면 언제나 음악을 틀었다. 그날도 예외 없이 컴퓨터를 켜더니 다음사이트를 열고 까만 자판 위의 하얀 활자들을 빠르게 치면서 말했다.

　　"내가 유일하게 좋아하는 서양 음악이야."

　　그는 오리엔탈리스트이다. 동양의 고전적인 사고를 가진 남자가 유일하게 즐겨 듣는다는 이 노래는 꿈길을 걷는 것처럼 몽환적이고 애잔했다.

　　"이 음악은 우리 정서와 비슷한 한(恨)이 느껴져."

　　전날 오후부터 무한 반복으로 흘러나오는 이 노래는 그녀가 잠들어 있는 내내 이어지고 있었던 것이었다. 그녀는 비몽사몽 간에 기억을 더듬어 보았다.

그는 적당히 취기가 오르자 이 노래를 그대로 흘러나오게 둔 채 임희숙의 '내 하나의 사랑은 가고'를 열창했다.

"너를 보내는 들판에 마른 바람이 슬프고 내가 돌아선 하늘엔 살빛 낮달이 슬퍼라……"

그는 의자에 양반 다리를 하고 앉아 고개를 푹 숙이고 그녀의 손을 잡은 채였다.

"오래도록 잊었던 눈물이 솟고 등이 휠 것 같은 삶의 무게여……"

그는 어린아이처럼 금방이라도 굵은 눈물을 막 쏟아 낼 것만 같았다.

"이제 그 누가 있어 이 외로움 견디며 살까 이제 그 누가 있어 이 가슴 지키며 살까……"

그는 노래를 마치고도 한참을 고개를 숙이고 있었다.

"아, 이런 게, 이것이 내가 짊어지고 가야 할 앞날의 생이런가?"

그녀를 잡은 손이 떨려오고 급기야는 눈물을 글썽였다. 그는 눈물을 보이지 않으려 코를 한번 훌쩍거렸다. 그러고는 이내 장난스럽게 말했다.

"우리 춤출까?"

그가 그녀를 일으켜 그녀의 허리를 휘감았다. 그녀는 그의 양어깨 위에 손을 얹었다. 그들은 춤을 출 줄 모른다. 그저 부둥켜안고 음악에 맞춰 몸을 움직일 뿐이었다.

서로 몸을 밀착하여 추는 춤은 둘의 감성 맨 밑층을 자극했다.

"네 앞에서는 이렇게 발가숭이로 있어도 부끄럽지 않아서 좋아."

그는 어깨를 펴고 양팔을 활짝 펼치면서 말했다. 그녀는 군살 없는 그의 맨몸이 관능적이라 생각했다.

"네 앞에서는 아버지의 금제의 목소리에 눌리지 않아도 되잖아. 그래서 참 편안해. 엄마 품속처럼. 너도 벗어."

그가 그녀의 옷을 벗기려 하자 그녀가 제지했다.

"누구나 사회의 일원으로 살려면 원초적 욕망은 감추고 살아야 하는 거잖아. 어쩌겠어. 아버지와의 억압된 욕망 관계가 원초적 억압의 문제를 낳고, 그것이 무의식의 탄생으로 연결된대. 그런데 그 무의식을 아버지의 목소리가 다시 다스려 주니 아이러니하게도 천만다행이잖아."

"그럼 병 주고 약 주는 거네. 그렇다고 하더라도 원초적 욕망을 강제로 억압당하는 것은 위험해."

"그렇다고 하더라고 그 욕망을 마구 쏟아내서도 안되잖아."

"물론 그렇지만 어떤 식으로든 발산할 때는 있어야지."

"욕망을 다스리는, 아니 표출하는, 음… 이 말도 적절한 말은 아닌 것 같고…"

"욕망을 다스리는 발산의 도구 중 긍정적인 것들이 많긴 하지. 예를 들어 나처럼 시를 쓴다거나 아니면 그림이

나 음악 같은 예술적 행위들도 있고…."

"그중 가장 중요한 것이 사랑이지 않을까? 사랑하는 사이는 서로의 억압된 욕망을 온몸으로 조건 없이 받아주잖아. 너처럼."

"그래. 맞아. 나처럼. 그리고 너처럼."

그는 그녀의 허리를 세게 끌어안았다. 그녀도 그의 목에 팔을 휘둘렀다. 밀착된 그들의 몸이 음악에 맞춰 느리게 움직였다. 그의 아랫도리가 부풀어 왔다. 그는 그녀의 입술을 찾았다. 그의 키스는 그녀의 입술을 부드럽게 아니 강렬하게 열었고 둘의 혀는 서로의 공간을 넘나들었다.

"사랑해. 영원히. 너를. 사랑해."

그녀는 누운 채 오른쪽으로 고개를 돌렸다. 방바닥에는 아무렇게나 벗어놓은 옷들이 널브러져 있었다. 테이블 위에는 빈 술병들이 나뒹굴고 있었고, 배달되어 온 일회용 접시들 위에는 먹다 남은 음식들이 말라붙은 채 너저분하게 널려 있었다. 고개를 반대쪽으로 돌려 커다란 베란다 창문으로 보이는 하늘을 올려다보았다. 17층, 바깥에는 여름비가 부슬부슬 내리고 있었다. 다시 고개를 돌려 멍하니 천장을 바라보다가 또다시 17층 밖의 허공을 바라보았다. 그녀는 안개비가 부슬부슬 내리는 자욱한 숲속을 헤매고 있다는 착각에 빠져들었다. 밤새 숲속에서 질펀한 사랑을 나누었는데 깨어보니 그가 없다. 정말 한여름 밤에 한바탕 꿈을 꾼 것일까?

길고 느린 음악은 짙은 안개 속에서 계속되고 있었다. 그는 저 노래 속으로 홀로 길을 떠나버린 것일까? 안개 자욱한 숲속에 덩그러니 혼자 남은 그녀는 덜컥 겁이 났다. 어디로 가야 할지, 이 숲속을 어떻게 빠져나가야 할지 막막했다. 그녀는 그를 찾아 안개를 헤치고 무작정 걸었다. 비는 여전히 부슬부슬 내리고 눈앞에 펼쳐진 길은 안개로 자욱했다.

"가지마!"

나 홀로 길을 가네

돌투성이 길은 안개 속에서 희미하게 빛나네
사막의 밤은 고요하여 신의 음성마저 들릴 듯하고
별들은 서로 소곤거리네

하늘의 모든 것은 장엄하고 경이로워라
대지는 맑고 푸른빛 속에 잠들어 있네
그런데 나는 왜 이토록 아프고 괴로운가
무엇을 후회하며 무엇을 기다리는가

아! 삶에 더 이상 바라는 것도 없고
지나가 버린 날에 아쉬움도 없다

나는 단지 자유와 평화를 갈구할 뿐
모든 것을 잊고 잠들고 싶어라

"이 노래는 러시아 시인 레드몬도프의 시에 곡을 붙인 거래. 나는 이 노래를 들으면 뿌연 안개로 휩싸인 길을 홀로 걸어가고 있는 내가 보여. 누구나 인생은 홀로 그렇게 길을 가는 것일까?"

누운 채 17층에서 거꾸로 보는 하늘은 구름에 가려 보이지 않았다. 그녀는 비가 언제부터 내리기 시작했을까 생각했다. 여름 빗소리와 안개 속을 걷는 듯 음울하게 흘러나오는 노래의 묘한 화음이 아름답다는 생각이 들었다. 그녀는 한참 동안 고개를 젖히고 밖의 허공을 바라보았다. 아직도 새벽 5시인지 오후 5시인지 분간이 가지 않은 채였다. 아마 새벽 5시일 확률이 높다고 생각했다. 그녀는 아무것도 걸치지 않은 알몸이 더없이 좋았다. 이대로 17층에서 비상을 하고 싶다는 생각이 들었다. 양팔을 펼치면 저 하늘로 훨훨 날아오를 것 같다는 생각을 하면서 후훗 웃음이 났다. 105동 화단에 알몸으로 추락한 여자의 구겨진 모습이 화제가 되겠지. 자살일 거라고, 우울증을 앓고 있었다고, 혼자 사는 여자라고, 소박맞았다고, 사랑에 실패했다고, 수군거림이 한동안 계속될 거야. 인터넷과 신문에 모 여인 우울증으로 자살 추정이란 기사가 보도되겠고, 사람들은 당분간 내 집 앞을 지나다니길 꺼려할 거야.

생텍쥐페리와 아멜리아 에어하트도 그러한 마음이지 않았을까? 비행을 하다 보면 새처럼 훨훨 날 수 있을 것이란 환상에 빠지는 거지. 사람들이 뛰어내릴 때 옥상으로 올라가는 것도 더 높은 곳에서 비상하고자 하는 무의식적 욕망 때문일 거야. 인간은 누구나 땅보다는 하늘을 날고자 하는 욕망이 더 큰가봐. 그런 면에서 두 사람은 산 채로 하늘을 맘껏 날고 싶었던 것이겠지. 그러면야 더 없이 좋겠다. 훗훗! 그녀는 터무니없는 상상도 재미있다는 생각을 하면서 또 웃었다.

그나저나 그가 언제 가버린 것인가? 정신을 차려보니 아버지의 목소리가 덜컥 겁이 났는가? 그녀는 자신을 홀로 두고 그가 언제 갔는지 도무지 알 수가 없었다.

토요일 이른 오후, 초인종이 울렸다. 언제나 제멋대로인 그는 연락도 없이 현관문 앞에 서 있었다. 그녀는 받아들일 수 없는 사랑으로 그에게 이별을 통보한 지 보름이 지났다. 수시로 아니 거의 매일 그의 사랑을 밀어냈다. '받아들일 수 없는 사랑이라고? 쳇!' 그녀는 혼자 중얼거렸다.

오지 말라고, 다시는 보지 말자고, 연락조차 취하지 말라고 빳빳하게 날을 세울 때마다 그는 지독한 몸살을 앓았다. 그의 입술은 부르트고, 얼굴은 더욱 핼쑥해져갔다. 그렇게 아파하는 그를 보면 그녀는 마음이 아려왔다. 그리고 다시 그를 받아들였다. 그제야 그는 부르튼 입술을 오므리며 우스갯소리를 한다.

"이번에는 그분이 좀 오래 머물다 가셨네. 하하."

그는 그녀가 주기적으로 부리는 앙탈을 그분이 오신 날이라고 했다. 그분이 오시면 그녀는 며칠 동안 전화도 문자도 메일도 닫아버렸다. 그는 그녀의 무관심으로 일관하는 앙탈을 혼자서 감내하다가 그 견딤이 죽을 만큼 극에 달하면 달려오곤 했다. 앙탈의 시간은 시간단위로, 분단위로, 초단위로 계속되는 진통이다.

그렇다. 진통. 산모가 겪는 출산의 진통만큼이나, 아니 그보다 더한 심장이 저미는 고통이다. 그녀는 앙탈이 올라올 때면 그와의 모든 것을 당장 끝장내 버릴 것이라 독하게 마음을 먹는다. 하지만 언제나 그랬듯 그것은 또 한순간에 허물어지고 만다. 언제부터인가 그는 그녀의 몸의 일부가 되었다. 그녀는 그의 고통을, 가슴 저림을, 피폐함을 고스란히 온몸으로 느꼈다.

초인종 소리와 동시에 문을 두드리는 소리가 다시 났다. 그녀는 몇 초 동안 망설이다가 문을 열었다. 아무리 버텨봐야 작정을 하고 온 그를 돌려보낼 수 없다는 것을 잘 알고 있었다. 문이 열리자 그는 곧바로 그녀를 안고 키스를 퍼부었다. '보고 싶어 왔어', 하며 입술을 맞춘 채 신발을 벗어 던지고 안으로 들어섰다. 그는 벽에다 그녀를 밀어붙이고 계속 그녀의 입술을 열려고 했다. 그녀는 그동안의 화가 그리 쉽게 풀리지는 않겠다는, 그래도 이제는 이미

허물어진 자존심만이라도 살려보겠다고 입술을 열지 않고 몸을 뻣뻣하게 굳힌 채, 그러나 그를 밀쳐 내지는 않는 어정쩡한 자세로 그의 조급함을 즐겼다. 그는 그녀의 입술이 열릴 때까지 그녀의 눈과 코와 뺨에 마구 키스했다. 그녀는 애달파하는 그의 수고함이 이제 됐다 싶으면 어쩔 수 없다는 듯 입술을 열고 그를 받아들였다. 그제야 그는 안심하고 웃옷을 벗어 의자 등받이에 걸쳐두고 셔츠와 바지도 훌러덩 벗고 속옷 차림으로 테이블 의자에 앉았다.

그는 다짜고짜 소주를 한잔하자고 말했다.

"벌건 대낮에 무슨 술?"

그동안의 서먹함을 감추려는 그의 의도라는 것을 알고 있지만 그녀는 의아한 듯 물었다. 하지만 그녀도 술을 마시고 싶었다. 며칠 동안 마구 할퀴어 만신창이가 된 심장을 보듬어 줘야 할 필요가 있었다.

"그래. 죽도록 마셔 보자."

토요일이니 내일 일에 지장은 없을 것이라 생각하면서 폰을 열고 114 버튼을 눌렀다. 친절한 안내원의 목소리가 들려왔다. 그녀는 아파트 상가 마트의 전화번호를 물었다. 수화기를 든 채 전화번호를 받아 적으려고 펜과 메모지를 찾았다. 숫자 기억력이 제로인 그녀로서는 받아 적지 않으면 안 되었다. 그가 펜을 잡고 받아 적겠다는 제스처를 했다. 그가 적은 번호로 다시 전화버튼을 눌렀다. 마트의 여주인은 상냥스럽게 전화를 받았다. 그녀는 맥주 반 박스와

소주 5병을 배달해 달라고 주문했다. 그녀는 그에게 안주
는 무엇으로 할까 물으면서 언젠가 아파트 현관문에 붙어
있던 동네정보지를 냉장고에 붙여 둔 것을 기억했다. 그녀
는 부엌 냉장고 옆구리에 붙어 있는 정보지를 떼 왔다. 그
정보지는 부근의 음식점 광고가 대부분이었다. 그녀는 광
고지를 뒤적거리며 그에게 무엇을 먹을 거냐고 다시 물었
다. 그는 보쌈을 먹자고 했다. 보쌈을 시키면 막국수도 나
오니 좋겠다고 했다. 그가 보쌈을 먹자고 한 것은 순전히
그녀를 배려한 것이었다. 혼자 있다 보니 고기를 먹을 기
회가 별로 없는 그녀에게 단백질을 보충할 기회를 주기 위
해서라고 했다. 여하간 그는 작정을 하고 온 사람처럼 죽
도록 마셔볼 요량인 것 같았다.

배달이 올 동안 그녀는 커피메이커에 정수기 물을 붓고
헤즐럿 분쇄커피를 넣은 다음 스위치를 눌렀다. 빨간 불
이 들어오자 기계가 작동되는 신호음이 들려왔다. 그는 커
피를 내리고 있는 그녀 뒤에서 그녀의 허리를 안으며 말했
다.

"많이 아팠어. 마음이. 보고 싶어 미칠 뻔했어."

그녀는 나도 그랬어. 나도 아파서 죽을 것만 같았어, 라
는 말이 목구멍까지 올라왔지만 눈물이 먼저 쏟아져 내렸
다. 커피 떨어지는 소리가 포록포록 나기 시작했다. 그녀는
방울방울 떨어지는 커피를 바라보았다. 헤이즐넛 향이 집
안에 퍼지기 시작했다. 그는 그녀를 돌려 안더니 다시 입

을 맞추었다.

"울지 마. 내가, 지금, 여기 있잖아."

술이 배달되어 오고 곧이어 보쌈이 도착했다는 초인종
이 울렸다. 이 아파트로 이사를 온 후 처음으로 아파트의
초인종도 그 안에 살고 있는 여자도 분주했다.

"그동안 수고한 서로의 심장을 위하여, 건배!"

그는 사랑스런 눈길로 그녀를 바라보았고 그녀는 귀엽
게 눈을 흘기며 술잔을 부딪쳤다. 서로의 술잔은 바쁘게
채워졌다 비워졌다. 술병이 두어 병 비어갈 때쯤 커다란
베란다 창문으로 보름달이 보였다. 달의 가장자리가 붉었
다. 그는 베란다로 그녀를 이끌었다. 그는 왼쪽 팔은 베란
다 철제 난간에 괴고 오른쪽 팔은 그녀의 어깨를 감싼 채
달을 올려다보며 말했다.

"저 달은 널 닮았어. 둥근 네 얼굴도 그렇지만 네 가슴
도 저 달처럼 둥글잖아."

"뭐라고?"

그는 장난을 치면서 그녀의 웃옷을 들추어 가슴을 만
졌다.

"생각나? 진평왕릉에 갔을 때 소나무에 걸린 보름달?"

"응. 그때도 네가 그 보름달을 보고 내 젖가슴 같다고
했잖아."

그녀는 눈을 가볍게 흘기며 말했다.

"그래. 그때도 넌 지금처럼 대들었지. 그날, 어스름한 보

문벌관의 진평왕릉은 고요하고 아늑하여 차라리 쓸쓸할 정도였잖아. 동그랗게 솟은 봉분도 정말 네 젖가슴 같았어."

그녀는 다시 그에게 눈을 흘겼다.

"희뿌연 하늘 아래 검푸른 솔가지 위로 건너온 보름달을 두고 너는 아주 엄숙해졌었지."

"그래, 맞아. 정말 절묘한 시간이었어. 소나무 위에 걸려 있던 둥근달을 잊을 수가 없어."

"사실은 난 그 달이 꼭 낙관 같았어. 황금낙관. 너와 나를 하나로 엮어주는 낙관 말이야. 쾅, 쾅, 쾅! 이제 두 사람은 부부가 되었습니다. 하하하!"

그는 그녀의 봉긋한 젖가슴을 만졌다.

"나, 그날 너랑 황금낙관이 걸린 소나무 아래에서 섹스를 하고 싶었어. 그러면 우리가 절대 헤어지지 않을 것이라 생각되었거든."

"그런데 왜 안 했어?"

"…용기가 나지 않았어. 너랑 함께할 자신과 용기가…."

"…그럼, 지금은?"

구름이 달을 가려 희미하게 보이다가 이내 보이지 않았다. 하늘엔 회색빛 장막이 펼쳐지고 있었다. 우리도 가려져야 하니 묻고 싶었지만 그의 손길에 그녀의 온몸은 이미 달구어져 그에게로 파고들고 그의 세포들이 일어서고 피가 솟구칠 정도로 혈관이 팽창되었다.

보름달이 구름 사이로 살짝 비쳤다가 다시 사라졌다. 17층 도심의 아파트면 어떠랴. 황금낙관 아래에서 그녀도 그와 교접을 하고 싶었다.

"사랑해. 넌 내 거야. 너도 사랑한다고 말해줘."

"그래, 나도 사랑해. 미.치.도.록."

그의 손이 그녀의 목덜미와 젖가슴과 아랫배를 따라 움직여 갈 때 그녀의 허리는 궁처럼 휘어지고 팽팽하게 부푼 그의 것이 그녀의 엉덩이에 닿을 때 그녀는 엄마의 자궁에서 갓 태어난 아기처럼 울고 싶었다.

엄마! 사랑이야. 내게도 사랑이 왔어. 사랑은 이렇게 온몸으로 춤을 추는 거야. 율법이니 교리니 도덕이니 하는 따위로 사랑을 배척할 순 없어.

그의 몸은 이제 절정을 향해 전속력으로 달리고 있었다. 극에 달한 그의 절정이 그녀의 몸에 깊이 각인되고 그들의 심장은 곧 터질 것만 같았다.

"사랑한다고 말해줘. 어서."

"사랑해! 사랑해! 사랑해!"

최고의 절정에 오른 그는 이윽고 멈추었다. 몇 초 동안 그들은 숨조차 쉴 수 없었다. 그리고 터져 나온 가쁜 두 사람의 관능적인 호흡소리가 밤하늘 아득히 퍼져 나갔다.

그들은 서로 부둥켜안은 채 잿빛의 하늘을 바라보았다. 노랫소리가 다시 들려왔다.

그녀는 참 오랫동안 잠을 잤다고 생각했다. 이제 그녀

는 흐린 하늘이 어젯밤부터 시작되었다는 것이 어렴풋이 기억났다. 보름달을 가리다 말다 하는 구름을 베란다에서 그와 사랑을 나누면서 보았잖은가. 그러면 비는 그들이 잠든 늦은 밤이나 새벽부터 내리기 시작했을 것이다. 그녀는 저 빗속에 뛰어들어 춤을 추고 싶다는 생각이 들었다. 어느 책에서 읽은 기억이 났다. 콘솔레이타, 홍차 빛 피부를 가진 한 여자는 상처받은 여성들의 치유를 위해 비의 세례식을 행한다. 그녀는 가정폭력, 성폭력, 정치적, 사회적 폭력, 가난, 억압, 인종차별, 성차별, 부모의 부재, 사랑의 부재 등으로 삶에 기진맥진한 여성들에게 옷을 홀딱 벗고 빗속으로 뛰어들어 춤을 추라고 한다. 그리고 말하라고 한다. 소리치라고 한다. 아픔을, 상처를, 고통을….

그 의식으로 그들은 모두 치유가 된다. 각자의 트라우마를 빗속으로 흘려보내고 그들은 감사의 눈물을 흘린다.

그녀도 그 비의 세례식에 참여하고 싶었다. 발가벗은 채 비를 맞으며 춤을 추는 여성들 사이에 그녀도 있다. 그녀는 상상만으로도 늘 껌 딱지처럼 붙어 다니는 그녀의 상처가 모두 씻겨 나가는 것 같았다.

그들은 술을 마시고, 노래를 하고, 춤을 추고, 사랑을 나누고, 잠이 들었다. 다시 깨어나 술을 마시고, 사랑을 나누고, 또다시 잠이 들었다. 그들은 몽환의 상태로 일박이일을 보냈던 것이다.

안개 자욱한 숲속을 흐르는 듯한 음울한 노래와 여름

빗소리의 묘한 화음이 아름답다. 그녀는 한참 동안 고개를 젖히고 밖의 허공을 바라보았다. 그렇다면 지금 시각은 오후 5시라고 생각했다.

그런데 지금이 몇 시인지가 왜 중요한가?

훗훗! 그녀는 혼자 웃었다.

팡세! 꽃잎, 두근대는…

보랏빛 커튼 사이로 12월의 막바지 여명이 희뿌염하게 스며들고 있다. 새벽빛이 산안개를 여는 이 시간은 생성과 소멸의 참으로 그윽한 경전이다. 새벽 산안개는 밤새 품은 대지에게 젖을 뿌리듯 서서히 피어올라 소멸의 시간으로 든다. 새벽빛에 깨어나는 대지가 반짝거리기 시작한다. 그들은 시간만 나면 여행을 다녔다. 그는 가끔씩 그녀에게 여행일정을 말해주지 않을 때가 있었다. 그가 그녀를 데리고 가고 싶은 곳으로 무작정 차를 몰았다. 어디로 갈 거냐고 물으면 '가보면 알아', 한마디 할 뿐이었다. 몇 해 전인지 지금은 기억에 없다. 강원도 일대를 여행 중이었다. 강원도 월정사 초입에 전나무 길을 걷다가 둘 다 지쳐 근처 호텔에 묵은 날이었다. 그녀는 새벽에 일찍 잠이 깨어 창문 밖의 산을 바라보고 있었다. 언제 깼는지 그가 그녀의 허리를 안으며 말했다.

"서서히 걷히는 저 안개 좀 봐. 생성과 소멸의 시간은 어쩌면 찰나의 순간처럼 보이지만 그 속에 무한한 우주의 기운이 스며 있는 것 같아. 한 치의 이기심도 없이 지극히 내어주고 사라지는 모습이 참으로 숙연하지? 또 산은 그것을 지극히 받으며 파릇하게 깨어나잖아. 밤새 엄마 젖을 먹은 아기처럼……"

"그래, 너무나 경건하고 아름다워."

"젖은 생명선이야."

그는 그녀의 젖가슴을 만졌다.

"있잖아. 까마득한 시간에 나는 안개로, 물방울로, 나무로, 먼지로 존재했다는 아득한 느낌이 들어. 우주의 어떤 불가지(不可知)의 에너지에 의해 생성과 소멸이 반복되는 '나', 지금은 있지만 곧 없기도 하는 필연적인 나의 기원의 비의(悲意)를 나는 즐겁게 받아들이고 있는지, 저 산안개가 다시 생각해보게 하네."

"와! 네가 바로 철학자구나. 지금은 있지만 곧 없기도 하는 우리의 기원은 어디일까? 나도 막 궁금해지는데."

벌써 오래전 그와 나눴던 대화가 갑자기 피구공처럼 그녀의 뇌리를 쳤다. 지금은 있지만 곧 없기도 하는 우리의 기원! 그때는 그녀는 그와의 사랑에 소멸은 먼 시간의 이야기라고 생각했다. 그가 항상 그녀 곁에 있었기에, 오직 그녀만을 향해 그의 몸이 열리고, 또 그녀의 몸도 오직 그를 향해서만 열리는 나날들이었기에. 수백 번 서로의 몸을 드나드는 나날들이었기에.

그런데 지금 소멸의 지극성을 깨달으니 갑자기 그녀는 마음이 조급해졌다. 아직 다하지 못한 숙제가 불현듯 생각난 것처럼…….

그를 찾아야 해. 그를 만나야 해, 그녀는 중얼거렸다.

그가 더 이상 그녀에게 오지 않은 이후로 그녀는 매일 아침 일출을 일별한 후 다시 크로노스* 품으로 침잠(沈潛)하는 것이 그녀의 일상이었다. 입추의 여지없이 시간을 삼켜버리는 일상은 무력감과 불안감으로 그녀를 잠식해가고 있었다. 생각해보면 이러한 무력감과 불안감은 그와 사랑을 나눌 때도 가끔 느끼던 것이었다. 그와 밤새 달빛 같은 사랑을 어루만지다가 아침 햇살에 움찔 놀라던 때가 간혹 있었다. 해가 뜬다는 현상만을 본다면 그것은 순식간에 행해지는 충만한 허무의 의식이다. 마치 사랑 없이 행한 오르가슴 절정 후의 낭떠러지처럼. 그 뜨거운 헛헛함에 흠칫 마음을 데기도 했다.

그도 그랬을까?

그들에게는 사랑과 현실의 괴리, 그 골이 아주 깊었다.

커피메이커에 물 끓는 소리가 요란하다. 헤이즐넛 커피향이 온 거실에 가득하다. 그녀 마음의 소슬함이 커피향

---

* 크로노스: 시간의 신인 태초 신. 물리적 시간, 즉 자연적으로 해가 뜨고 지는 시간이며, 지구의 자전과 공전을 통해 결정되는 시간을 말한다.

에 묻혀 짙은 코발트빛이 된다. 김이 모락모락 나는 머그 잔을 두 손으로 감싸 안고 커피 향을 맡으며 먼 산을 바라본다. 해가 서서히 팔공산 초례봉 위로 떠오르고 있다. 커다란 창문으로 붉은 햇살이 쏟아져 들어온다. 햇살이 거실 책장의 책들을 살갑게 어루만진다.

그 책들, 그의 흔적이 고스란히 묻어 있는 책들 위로 햇살이 머문다. 속살을 비추듯, 햇살은 책 한 권 한 권을 살뜰히 살피며 좀처럼 떠나려 하지 않는다. 마치 그녀의 몸을 애무하듯, 햇살은 그 책들의 어느 한 페이지에 오래 머문다. 세상에서 그들 둘만이 알고 있는 그 페이지를 햇살이 눈치를 채기라도 한 듯. 그녀는 그 책들의 그 페이지를 펼쳐본다.

어느 날 갑자기 사랑으로 다가온 그와 첫 몸을 나눈 날이다. 인간이 만든 도덕적 규율에 철저하게 길들여져 있던 그녀는 처음에는 그 사랑이 몹시 혼란스럽고 두려웠다. 그래서 몸을 움츠리고 밀어내고 숨었다. 그러나 사랑의 끌림은 그 무엇으로 차단되는 것이 아니었다. 그들에게 있어서 사랑은 인간의 영역이 아니라 무한한 우주의 영역이었다.

그의 흔적들을 햇살이 슬쩍 일별한다.

어느 해 봄날이었던 것으로 기억된다. 그는 트렌치코트 안주머니에서 파커 만년필을 꺼냈다. 그는 모든 습작은 만년필로 해야 글이 술술 풀린다며 항상 만년필을 안쪽 주머니에 넣고 다녔다. 그는 그녀가 읽고 있는 책「술라」

104페이지를 펼쳤다. 마침 그 페이지는 아무런 글도 없는 빈 페이지였다. 연도를 챕터로 나눈 책이었는데 1923챕터가 103페이지에서 끝나고 104페이지는 공백인 상태였다. 105페이지는 1927챕터가 시작되고 있었다.

그녀는 그에게 무의식이 몸 바깥에 있다고 자주 말했었다. 무의식이 의식을 앞서는 사람이, 아니 거의 동시에라고 하는 것이 더 맞을까? 그래서 언제나 생각과 행동이 거침없이 반사적으로 나오는 그가 104페이지를 펼치더니, 하얀 백지에 산과 나무와 새의 그림을 그리고, '나는 너의 本流, 내 발을 씻어다오.'라고 썼다. 그렇다. 그들에게 사랑은 '아무것도 없음'에서 시작한 것이다. 아무것도 아닌 여자에게 그가 와서 산과 나무와 새를 창조하고 사랑이라는 큰 환희를 안겨주었다.

또 어느 날은 「솔로몬의 노래」 104페이지를 펼치더니 아이들이 해를 그리는 것처럼 동그라미를 그리고 그 주위로 사선을 쭉쭉 그어 햇볕을 그렸다. 그리고 '나는 너의 빛'이라고 썼다. 그 페이지는 감리교와 가톨릭이 종교 다툼을 하는 대목이었다. 종교의 다름이 사랑에 걸림돌이 된다면 이미 그것은 사랑이 아니다. 사랑은 종교나 사상이나 정치 따위의 논리로 말할 수 있는 것이 아니기 때문이다. 그에게 사랑은 그저 자연이었다. 설레고, 보고 싶고, 만지고 싶고, 안고 싶고, 입맞춤하고 싶고, 늘 같이 있고 싶은 마음으로 황홀하고, 경이롭고, 행복하고, 즐거운 것이다.

그는 그녀의 태양이 되었다. 물론 인간의 굴레에서 벗어날 수 없기에 그 속에 어쩔 수 없는 생채기가 있기는 하지만.

「러브」104페이지는 갑자기 폭우가 쏟아지기 시작하는 긴박한 상황이었다. 그는 책 속 폭우 치는 날 사람들의 우왕좌왕이나 폭우 속에서 아기를 낳는 일의 긴박함 따위는 관심 없었다. 그에게는 그의 사랑만이 관심의 대상이었고 또 그 사랑에 집중하고 있었다. 그는 그 페이지에 '팡세! 꽃잎, 두근대는 유, 꽃, 젖'이라고 썼다. 그가 그저 마음이 이르는 대로 만년필을 휘적거린 것일지라도 그녀는 그의 휘적거린 글에 의미를 부여해 넣었다. 그녀에게 있어서 그들의 사랑은 '팡세이며 꽃잎이고 두근대는 유, 꽃, 젖이었다.

「타르베이비」104페이지는 유명한 화가의 이름들이 105페이지까지 씌어 있다. 고갱, 세잔, 마티스, 한솔, 고흐, 그리고 해 모양에 자신의 이름을 한자씩 넣어둔 그림이 있다.

햇살이 머문 책들에서 옛 추억을 더듬는 동안 미처 다 마시지 못한 커피가 싸늘하게 식어 버렸다. 그녀는 그 책들을 다시 책꽂이에 꽂았다.

붉음도 잠시, 햇살은 그녀의 머리를 훌쩍 넘어 금세 옆어졌다.

그녀는 갑자기 떠나야겠다는 생각이 들었다. 어느 날 문득 그가 그냥 온 것처럼 이제는 그녀가 자신의 영혼의 결을 따라 그를 찾아 나서야 할 때라는 외침이 일었다.

그래, 그냥!

'그냥!', 가끔씩 그녀는 그에게 왜 자기를 사랑하느냐고 물을 때가 있었다. 그는 잠시 머뭇거리다가 '그냥'이라고 말한다. 사랑이 그냥 와서 마음을 잠식해 버린 것을, 그것이 무엇인지 그도 말할 수 없었던 것이다. 사랑은 계산기를 두드려 정확한 수치로 말할 수 있는 것도, 저울로 무게를 잴 수 있는 것도 아니다. 그가 말한 '그냥'이란 말이 정답일 것이다. 언제부터인지는 모르지만 그 어떤 끌림에 의한 것이라는 희미한 기억 외에는 아무것도 없다.

뜨거운 헛헛함

오래간만에 메일을 열었다. 첫 페이지 스무 개의 메일은 모두 광고성 메일이었다. 와우사주, 학원관리의 원장 노하우, 인터넷 교보문고, 대학교 도서관, 굿네이버스, 영잘원, 동부화재, 고도원의 아침편지 그리고 제자들이 보내주는 좋은 글 등등이었다. 그중 제자들이 보내준 개인 메일들을 몇 개 확인한 후 나머지는 전체 선택하여 모두 삭제를 했다. 다음 페이지도 전체 선택 삭제, 또 다음 페이지도 전체 선택 삭제, 그다음 페이지도 전체 선택하고 삭제 버튼에 커서를 두고 마우스를 누르려는 찰나였다. 갑자기 낯익은 이름이 눈에 들어왔다.

그 이름! 그녀의 메일에, 그녀의 두뇌에, 그녀의 심장에

181

온통 나비처럼 날아다녔던 그 이름, 지난 오 년 동안 그녀의 메일함을 꽉 채웠던 그 이름을 보자 말라 비틀어져 버린 심장이 움찔하기 시작했다. 잊으려 할수록 심장은 쪼여와 심장 없이 산 지 일 년이 흘렀다. 일 년 만에 그의 이름으로 온 메일이었다. 메일의 도착 날짜는 열흘 전이었다. 그가 그녀에게 온 후 오 년 동안 그녀의 메일함은 그로 인해 존재했었다. 받은편지함 한 화면에 스무 개의 메일이 매일 그의 이름으로 가득 찼었다. 그녀의 하루 일과는 온통 그가 보낸 메일에 집중되어 있었다. 집에 오면 가장 먼저 하는 일이 컴퓨터 전원 스위치를 누르는 일이었다. 언제나 그의 메일이 하루에 서너 통씩 와 있었다. 그가 보낸 메일함의 편지를 열어보는 설렘은 그녀에게 최고의 설렘과 행복이었다. 그런데 그의 편지가 끊긴 후부터는 일주일이나 열흘에 한 번씩 메일함을 비우기 위해 들어가 볼 뿐이었다. 그녀의 손이 떨려왔다. 메일을 열어볼 용기가 나지 않았다. 까만 마우스를 잡은 손이 경련을 일으켰다. 깜박거리는 커서를 그 이름 위에다 두었다. 오른손 검지는 주저했다. 그녀는 메일함의 그 이름을 노려보았다. 한때 자신에게 사랑으로 기쁨과 즐거움을 주었던 그 이름이 갑자기 사라졌다. 이름뿐만 아니라 그의 몸도 사라졌다. 그녀는 의자에서 일어나 방안을 이리저리 배회했다. 거실로 나가 정수기 물을 한 컵 받아 벌컥벌컥 마셨다. 빈 컵을 싱크대에 두고 화장실로 갔다. 세면대 거울에 비친 안절부절못하는 자신의 꼴이 우스웠다.

그해 여름날 이후로 그는 연락이 두절되었다. 그녀에게 일언반구 연락도 없었다. 그 이후 그녀는 몇 번의 문자와 전화를 해봤지만 아무런 답장이 없었다. 그녀는 화가 났지만 그를 이해하려 했다. 그리고 잊으려 무던히도 애를 쓰며 살아오고 있었다. 그런데 그의 이름이 살아서 다시 돌아온 것이다. 그러나 읽지 않을 것이다. 읽을 필요조차 없다. 무슨 내용이든 이제 와서 무슨 소용이란 말인가? 그녀는 칫솔에 치약을 듬뿍 묻혀 양치질을 했다. 어금니 윗니 아랫니 입천장 혀를 박박 문질러 닦았다. 그리고 몇 번이나 입안을 헹구어 냈다. 수없이 나눴던 너와의 키스를 다 지워버리겠어, 그녀는 양치질만으로 분이 가라앉지 않는지 옷을 훌러덩 벗어 던지고 샤워기를 틀었다. 물줄기가 머리부터 얼굴 가슴 배 다리 발로 흘러내렸다. 그러나 그녀가 그를 비난하면 할수록 그는 천진한 얼굴로 그녀에게 다가왔다. 그녀의 비난을 그는 항상 무작정 소낙비를 맞듯 맞았다. 그에게 속사포를 실컷 쏘아대고 나면 그가 불쌍해졌다. 마치 벌 받는 아이처럼 고개를 푹 숙이고 혼자서 가슴앓이를 했을 그가 한없이 안쓰러워졌다. 그의 이름이, 그의 웃음이, 아니 그의 고뇌가, 그의 말 못할 사정이, 속사포가 되어 다시 그녀에게 쏟아졌다. 그녀는 도리질을 했지만 이미 심장이 먼저 울었다. 그녀는 가슴을 움켜쥐고 주저앉았다. 욱하고 올라오는 울음을 입술을 깨물며 참

으려 했다. 더 이상 울지 않으리라 얼마나 다짐을 해왔던
던가. 그녀는 다시 마음을 다잡으려 심호흡을 길게 내쉬었
다.

　바보! 왜 곧바로 삭제하지 못하니? 왜 울어? 아직도 미
련이 남아 있니? 아냐, 미련 따위 없어. 당장 휴지통에 던
져 버릴 거야. 영구 삭제해 버릴 거야. 그녀는 몸을 닦지
도 않은 채 씩씩거리며 욕실을 나와 컴퓨터 앞에 섰다. 몸
에서 떨어진 물이 바닥을 적셨다. 받은편지함 그의 이름에
커서를 두고 다시 노려보았다. 그러나 여전히 검지는 까만
마우스를 클릭하지 못했다.

　그녀는 부엌으로 가서 커피메이커에 물을 붓고 헤이즐
넛 분쇄커피를 커피망에 넣었다. 손이 떨려왔다. 떨리는 손
때문에 커피 가루가 씽크대 바닥에 떨어졌다. 그녀는 부리
나케 행주로 그것을 훔치고 수돗물을 틀어 행주를 손으로
비벼 빨았다. 뭔가 바쁜 사람처럼, 바빠서 너 같은 이름을
떠올릴 시간조차 없는 사람처럼.

　커피메이커의 뚜껑을 닫고 버튼을 눌렀다. 빨간 불이 들
어오고 기계가 작동되는 소리에 귀 기울였다.

　'지희야!'

　그녀는 자신을 부르는 소리에 깜짝 놀라 고개를 획 돌
렸다. 아무도 없었다.

　그녀는 커피메이커에서 떨어지는 커피를 들여다보고 있
지만 온 정신은 컴퓨터 화면 메일함에 집중되어 있었다.

그러나 컴퓨터 앞으로 가기가 겁이 났다.

　그녀는 커피가 내려지는 동안 괜히 휴대폰의 주소록을 뒤적거렸다. 누군가 술을 한잔하자는 연락이 왔으면 좋겠다고 생각했다. 그러면 과감히 컴퓨터를 닫고 집을 나설 것이다.

　그녀는 자신의 꼴이 한심스러워 화가 났다. 분노인지 감격인지 알 수 없는 감정의 회오리가 잦아들지 않았다. 커피메이커가 부룩부룩 소리를 내며 커피를 한 방울씩 떨어뜨렸다. 커피 향이 그윽해지며 항아리 모양의 투명유리에 채워졌다. 그녀는 머그잔에 커피를 가득 따르고 베란다로 나가 육중한 창문을 힘껏 열었다. 겨울 찬기가 훅 들어왔다. 그녀는 두 손으로 머그잔을 감싸들고 향을 맡았다. 그리고 커피를 한 모금 마셨다. 뜨거운 커피가 식도를 통해 명치까지 전달되었다. 그녀는 뜨거운 커피 잔을 가슴에 대었다. 그녀가 커피를 마실 때면 무심결에 하는 행동이었다. 가슴이 아파서 도무지 무엇으로도 치유가 되지 않을 때 그것은 조금이나마 진정효과가 있었다. 그녀는 마음이 조금 가라앉았다. 그제야 그녀는 자신이 실오라기 하나 걸치지 않은 알몸이라는 것을 깨달았다. 그녀는 방으로 가서 가운을 걸치고 나와 차가운 공기를 깊이 들이마셨다.

　안녕하세요. 저는 이우현 씨를 사랑했던 사람이에요. 그가 떠난 지 일 년이 되어가네요. 교통사고였습니다. 그가 홀로 길을 떠난 날은 아마도 당신과 함께 지내다 집으

185

로 돌아오던 날이었을 겁니다. 그가 간 후 그의 메일을 없애버리려다 궁금해서 보게 되었습니다. 나는 메일을 읽고 배신감에 치를 떨었습니다. 당신과 주고받은 절절한 메시지들을 발견했기 때문입니다. 나는 질투심에 당신을 죽여 버리고 싶었죠. 그의 무덤을 파헤쳐 갈기갈기 찢어버리고 싶었습니다. 그렇게 그를 용서하지 않고 일 년을 보냈습니다. 그런데 그는 죽은 후에도 끊임없이 나를 설득하더군요. 당신과의 사랑은 어쩔 수 없었던 것이라고. 인력의 작용이 아니라 우주의 끌림이어서 자신이 마음을 가눌 수 없었다고…….

지희 씨!

나는 일방적인 사랑이 상대방을 얼마나 힘들게 하는지를 이제야 깨닫게 되었습니다. 그동안 나는 그의 사랑 따윈 안중에도 없었어요. 그저 독단적으로 그를 사랑했었습니다. 그럼에도 불구하고 그는 내게 최선을 다하려고 항상 노력했었습니다. 그러나 나는 받아도 받아도 매일 매일 목이 말랐고 끝없이 그에게 사랑을 갈구했습니다. 나는 충족을 모르는 여자였어요. 그래서 매일 그에게 악을 썼고 난폭한 여자로 변해갔습니다.

생각해보면 그에게 죄스러울 따름입니다. 내가 사랑이라 억지를 부리던 병적인 집착이 그를 죽인 것이나 마찬가지입니다. 그가 떠난 날도 나의 독기로 그는 정신이 없었을 것입니다.

지희 씨!

나는 지금 정신과 치료를 하면서 심신치료를 위해 절에 들어와 있습니다. 이 메일을 보내기 전에 수없이 망설였습니다. 그러나 지금이라도 그에게 참회하고 그의 사랑을 보내주고 싶습니다. 그것이 내가 그에게 해줄 수 있는 유일한 참사랑이라는 것을 알게 되었어요.

그리고 지희 씨는 사랑 때문에 상처받지 말기를 바랍니다. 그 사람은 지희 씨 당신만을 사랑했습니다.

아마 죽을 때도 당신의 이름을 불렀을 것입니다.

그의 사랑을 지켜주세요.

그럼.

나 홀로 길을 가네

12월, 그녀는 차가운 겨울바람을 맞으며 로마행 비행기에 올랐다. 홀쩍 떠난 비행기 안에서 그녀는 무척이나 고양되어 있었다. 시간을 거슬러 가는 것이니 자신의 종족에 가까워진다는 생각에서였다. 그곳에서 그녀는 자신의 존재의 틈새에서 스며나오는 그리움과 슬픔을 조우하고, 흔들리는 정체성의 기억 한 조각만이라도 잡을 수 있겠다는 희망이 들었다.

"내 종족은 무엇이었을까?"

"네 종족? 직립보행하는 호모에렉투스잖아."

"아니야. 내 종족은 인간이 아니었을지도 몰라.

"그럼 외계인 E.T.?"

"뭐라고? 농담 아니야. 진지하단 말이야. 나는 사람보다 해와 안개의 생성과 소멸에 합장하고, 매화가 개화하는 그 절정의 순간이 무엇보다 사랑스러우며, 물 밑에서 연꽃 한 송이 여는 소리에 귀 기울여지는 걸 보면 햇빛과 바람과 달과 구름을 사랑하는 우주의 어느 아름다운 종족이었을 거야."

"그럼 내추럴족이네."

그는 장난스럽게 두 팔을 들어 올리며 말했다.

"내추럴족?

"하하하! 그래. 너와 나는 둘 다 애초부터 세계가 우상 시하는 절대적이 되어버린 자본주의에는 관심이 없잖아. 요즘 세상에서는 자본주의 이데올로기라는 거대한 괴물에 스스로 삼켜지고자 몸부림치는 사람들이 정상이고, 너와 난 비정상인 인간으로 무기력한 존재일 뿐이야."

"그러게. 어쩌면 우리는 생태적으로 지배니, 피지배이니, 투쟁이니, 착취니 하는 자본주의 기본 형태에 알레르기 반응을 보이는 종족이었는지 몰라. 그래서인지 난 물질에 고착화된 사람들의 무의식을 잠식하는 자본주의가 무서워."

"자본의 좀비들이 스스로 되어가고 있는 것이지. 그것

이 정상이라고 세뇌되어 왔으니까."

"모리슨 작품 중에 「솔로몬의 노래」*라는 소설이 있어. 그 소설의 주인공이 흑인 소년인데 이름이 밀크맨이야."

"밀크맨?"

"응, 밀크맨."

"엄마 젖을 못 뗐나?"

"그랬을지도. 밀크맨의 아버지는 자식들에게 돈이 세상에서 유일한 자유라고 세뇌시켜. 덕분에 밀크맨은 자본주의 아비투스**에 단단히 길들여졌는데 성장기를 거치면서 많은 혼란을 겪게 돼. 상류층의 생활, 소위 말해 있는 '척'하며 사는 삶에 염증을 느끼게 되는 거지. 그래서 그는 자신의 정체성을 찾기 위해 조상들의 역사를 거슬러 여행을 시작해."

"그렇군. 자신의 뿌리, 그 근원을 거슬러 가다 보면 진정한 자신을 발견하게 되지. 여행을 떠난 직후부터 그는 더 이상 밀크맨이 아니었을 거야."

"맞아. 여행은 희미하게나마 망각을 깨우는 가장 좋은 방법 중의 하나인 것 같아."

그녀는 자신의 기원과 더불어 그와의 사랑의 근원이 어

---

* 토니 모리슨의 『솔로몬의 노래』. New York: Alfred A. Knopf, 1977.
** 아비투스란 일정 방식의 행동과 인지, 감지와 판단의 성향체계로서 개인의 역사 속에서 개인들에 의해 내면화되고 육화되며 또한 일상적 실천들을 구조화하는 양면적 메커니즘이라고 한다.

디서부터 시작되었는지 알고 싶었다.

한국보다 8시간 느린 시간을 거슬러 그곳에 도착하자 그녀는 숨이 멎는 것 같았다. 수천 세기의 농축된 시간들이 그곳에 있었기 때문이었다. 그녀가 가장 먼저 찾아간 곳은 '시간을 파는 카페'였다. 로마 판테온에서 나모다 광장으로 가는 길에 '산 에우스타키오'라는 카페가 있었다. 그 카페는 로마 3대 카페 중 한 곳이었다. 커피를 사려는 사람들이 워낙 많아서 느긋이 앉아서 카페의 분위기에 젖어 있을 수는 없었다. 그녀에게 가장 행복할 때가 언제냐고 묻는다면 커피 향 가득한 카페에 앉아 책 읽을 때라고 서슴없이 말한다. 커피 향은 그녀에게 봄 아지랑이처럼 스멀스멀 올라오는 우울을 잠재우는 데도 특효이다. 카페에 들어서면 은은한 커피 향과 고풍스런 유럽풍의 인테리어는 늘 그녀를 매료시킨다.

아! 그 유럽풍의…….

그녀는 정통 이탈리안 스타일의 부드러우면서 농도 짙은 에스프레소를 주문하면서 시간도 함께 주문했다.

"에스프레소처럼 진하게 농축된 시간을 주세요! 그 시간은 얼마죠?"

카페 주인은 미소를 지으며 말했다.

"그 시간의 값은 공짜요. 당신이 여기를 찾아온 것이 그 시간의 값이오."

그의 목소리는 아득한 어떤 생에서 들은 적이 있는 것

같아 가슴이 콩콩 뛰었다. 낯선 여행지에서 만난 어떤 사람이 전혀 낯설지 않게 느껴질 때가 있거나 그곳의 풍경이 낯익어 깜짝 놀랄 때를 경험할 때가 있다. 그 카페와 주인이 바로 그랬다. 많은 커피 가게 중 그곳으로 발길이 간 것도 어떤 에너지의 힘처럼 느껴졌다. 전형적인 유러피언인 카페 주인은 존재에 대한 사유의 여행을 이미 마친 자의 여유로운 얼굴이었고, 마치 그녀가 시간을 사러 그 시간에 올 것이라는 것을 다 알고 있었다는 표정이었다. 그녀는 자신의 존재와 기억의 저편을 속속들이 들킨 느낌을 받았다. 물론 기분 좋은 들킴이었다. 21세기 최첨단 현대를 살아가고 있는 지친 한 동양인 여자를 기억해 주다니. 아마도 그에게 자신이 그의 희미한 기억 속의 한 조각일 수도 있겠단 생각을 해보았다. 커피 값으로 2유로를 건네고 카페를 나서면서 그녀도 카페 주인이 자신의 망각의 파편들 중 한 조각인지를 집중해 보았다.

단번에 들이켠 농도 짙은 에스프레소를 입안에서 잠시 굴리다 꿀꺽 삼켰다. 그러자 그녀의 몸이 기억나지 않는 시간 속으로 후루룩 빨려 들어가는 느낌이었다. 마치 엘리스가 갑자기 땅속으로 빨려 들어가듯이, 나를 삼켰던 시간 속으로 들어갔다.

그녀는 이제 '이미 없는 자신'을 조우할 준비를 단단히 하듯 심장이 바짝 쪼여들기 시작했다. 그녀가 망각의 강을 얼마나 많이 건너왔었는지에 대한 기억은 없다. 하지만 크로노스에 의해 삼켜진 시간들은 죽어버린 시간이 아니라, 축적된 시간으로 우주에 두터운 에너지로 쌓여 있다는 것을 깨닫게 되었다. 아득한 그리움과 슬픔이 그 축적된 틈새로 새어 나오고 있었던 것이다. 또한 지구에 쌓인 층은 인간의 다양한 문명과 역사적 사건들로 농축되어 찬란히 빛나는 문화유산으로 남아 있다. 그녀는 시간의 심층적 구조를 직선이라고만 생각하며 안타까워했던 어리석음을 이곳에서 깨닫게 되었다. 시간은 직선과 둥그럼의 모습으로 순환과 반복을 무한히 하고 있는 것이다. 그녀가 기억나지 않는 어느 생이 그리운 것도 이러한 시간의 순환성 때문 일 것이다.

그곳에서 그녀는 오랜 시간동안 타르타로스*에 갇혔던 비극적인 도시를 방문하게 되었다. 이탈리아 남부 나폴리 근교에 위치한 도시인데, 이천 년 동안 땅속에 매장되어 멈추어버린 시간으로 있다가 드디어 깨어난 폼페이라는 도시였다.

어린이외국고전이야기 『잠자는 공주』에서 무척이나 귀하게 태어난 아름다운 공주가 카라보세 요정의 저주로 16살에 물레바늘에 찔려 잠이 들게 되는 이야기가 있다. 공

---

* 타르타로스: 지하의 명계(冥界) 가장 밑에 있는 나락(奈落)의 세계를 의미하며 지상에서 타르타로스까지의 깊이는 하늘과 땅과의 거리와 맞먹는다. 이곳을 가이아의 자궁으로 표현하기도 한다.

주뿐 아니라 왕과 왕비 신하들 하물며 개와 고양이 말 등 성안에 있는 모든 것이 멈추어 버린 시간으로 들어간다. 그렇게 백 년이 흐른 후, 그 성을 발견한 한 젊은 왕자에 의해 공주와 성안에 있는 모든 것이 다시 깨어난다. 백 년의 시간! 백십육 년 전에 태어난 공주와 이십 년 전에 태어난 왕자는 첫눈에 반해 사랑을 한다. 이렇게 사랑은 시간과 공간을 초월하는 위대한 속성을 지니고 있는 것이다. 멈추어 버린 줄 알았던 시간에서도 끌림은 계속되고 있었던 것이다.

언젠가 그녀가 그에게 다시는 오지 말라고 하자 그가 말했다.

"사랑이란 말이야. 끌림이야. 나도 모르게 너에게로 와 있는 것. 너도 모르게 나를 사랑하게 되는 것. 그 끌림으로 너와 내가 서로 몸과 마음을 나누는 인연이 된 거야. 그래서 그 무엇보다 소중한 거야."

그녀도 알고 있었다. 그래서 완강히 그를 밀어내지 못했다. 밀어낼수록 더욱 가까워지는 사랑이었다. 그가 이생에서는 홀로 길을 떠났지만 그와 나눴던 사랑은 이미 수백 아니 수천억 겁의 시간과 공간을 초월한 끌림으로 이루어진 것이리라. 레테의 강을 건너기 훨씬 더 아득한 때부터, 그녀가 물이었고 그가 바람이었을 수도 있었던 때부터. 그녀의 아득한 기억 저편에는 안개, 물방울, 나무, 먼지 외에도 젖을 짜는 유목민의 파편도 있고, 로마인들에게 학살

당한 켈트 기마족의 분노의 기억도 있으며, 한 시인을 사랑한 여자의 환영도 있다.

이것은 분명 있을 수 있는 일이다. '살아있는내가' '이미 없는당신'을 그리워하고 있다는 것. 반대로 '오래전없는나'를 '현재있는당신'이 사모하고 있다는 것.

그녀는 먼 나라 폐허에서 갑자기 그가 간절히 보고 싶어졌다. '그는 죽지 않았어, 그는 살아 있어.'라는 말이 입속에서 흘러나왔다.

폐허의 도시 관문에서 그녀는 자신도 모르게 발걸음을을 멈추었다. 수많은 여행객들은 서둘러 그 엄숙한 도시에 첫 발걸음을 쉽게도 들여놓고 있었다. 아마도 발 빠르게 움직이는 가이드를 따라가려면 어쩔 수 없었을 것이다.

발걸음을 쉬이 들이지 못한 그녀는 폐허의 도시에서 스며나오는 서늘한 적막함과, 아득한 그리움과, 안타까운 슬픔을 느꼈고 또 붉은 눈물의 환영들을 보았다. 그것은 그녀가 촉감으로 언어를 하던 망각의 어느 지층에 오래도록 축적되어 있던 그녀의 무의식이었다. 농축된 시간 속에는 그녀가 기억할 수 없는, 그러나 하나의 미세한 세포로 무수히 압축된 환영들이 그녀 주위를 맴돌고 있었다. 그리고 도시 위로는 유난이 높고 푸르러 서러운 하늘이 있었다.

그녀는 드디어 조심스럽게 도시의 관문, 포르타 마리나로 발을 들여놓았다. 그때 한 남자가 그녀를 휙 스쳐 지나가고 있었다. 빠른 걸음으로 관문을 거쳐 걸어가는 남자의 뒷모습과 걸음걸이가 무척이나 낯익었다. 남자는 호리호리하고 키가 컸다. 엉덩이 아래까지 내려오는 겨울 트렌치코트를 입고 스니커즈를 신고 있었다. 그녀는 홀린 듯 남자의 보폭을 따라가고 있었다. 남자의 발걸음은 무척 빨랐지만 중앙광장으로 들어서자 자주 발걸음을 멈추었다. '그의 걸음걸이도 무척 빨랐는데', 그녀는 혼자 중얼거렸다. 마치 수십 년 만에 고향을 찾아온 사람이 옛 정취를 기억해 내려고 애쓰는 사람처럼 그의 뒷모습만으로도 그의 고뇌를 모두 읽어 낼 수 있을 정도였다. 그는 베수비오 산을 향해 서 있는 주피터 신전, 바실리카 옆에 서 있는 아폴로 신전, 마첼렘 시장 옆에 서 있는 라리의 신전, 베스파니아누스의 신전 등을 천천히 둘러보고 있었다. 남자의 심장이 묵직하게 요동치는 것이 느껴졌다. 그가 자신의 고향에 그녀를 데리고 간 적이 몇 번 있었다. 고향을 둘러보던 그의 모습이 그 남자와 겹쳐졌다.

그녀 역시도 요동치는 무의식층 감정을 추스르고 키가 작았던 자신의 종족을 만나러 많은 신전과 공회장과 여러 집을 거쳐 공동묘지를 지나 선술집, 빵집, 방앗간, 목욕탕, 여관, 도박장, 검투사의 막사를 헤매었다. 남자는 그녀가 가는 곳을 앞서거나, 어느 곳에서는 사라졌다가 다시 어느 곳에서는 마주치기를 반복했다.

세계 각처에서 온 키가 큰 사람들은 비극적인 역사의 현장에 왔다 간 흔적을 남기려 카메라 셔터를 연신 눌러

대고 있었다. 비극적인 영광들을 작은 사각 프레임 안으로 조각조각 압축시켜 저장시키는 것은 또 다른 방식의 매장이라고 생각하니 그녀는 자꾸만 답답해졌다. 남자는 다른 여행객들처럼 사진을 찍는 행위는 하지 않았다. 왼손을 코트 주머니에 찔러 넣은 채였고 오른팔은 보폭에 맞춰 흔들리고 있었다.

폐허가 된 도시를 헤매다 그녀는 어느 시인의 집에 발길이 멈췄다. '비극시인의 집'이라는 간판이 자그마하게 붙어 있었다. 집 앞에는 가이드의 설명을 듣고 있는 관광객들이 몰려 있었다. 그녀는 이 시인의 집이 희미한 파편으로 기억 속에 있었다.

앗! 그런데 언제 거기에 있었는지 그 남자가 'PLEASE DO NOT ENTER'라는 문구를 무시하고 안으로 성큼성큼 걸어 들어갔다. 보존 상태가 좋지 않아 출입을 금지한다는 내용이 창살로 된 입구에 붙어 있었다. 그런데 남자는 서슴없이 마치 자기 집을 들어가는 것 같았다. 관광객들은 고개를 쭉 내밀어 남자가 들어간 집 안쪽을 기웃거리면서 웅성거렸다.

한 한국인 현지 가이드가 큰 소리로 소리쳤다.

"Please come out, sir! Didn't you see this sign?"

그러나 안으로 들어간 남자는 대꾸도 없고 보이지도 않았다. 사람들은 더 웅성거렸다. 가이드는 상반신을 안으로 들이밀고 다시 한국말로 소리쳤다.

"들어가면 안 됩니다. 나오세요. 여기 간판이 안 보입니까?"

남자는 말이 없다. 그런데 갑자기 정원을 휙 지나가는 검은 그림자가 나타났다 사라졌다. 시간에 쫓기는 가이드는 그 남자가 자기 관광객이 아니란 것을 확인한 후 자리를 떴다. 꼭 짜여진 일정으로 관광객들을 계속 지체하게 할 수가 없었기 때문일 것이다.

사람들이 모두 가이드를 따라 가버리자 그녀도 시인의 집 안으로 들어갔다. 현관 대리석 바닥에는 개의 형상과 개 조심(cave canem)이라는 글귀가 모자이크 되어 있었다. 수천 년이 지났지만 여전히 개가 주인을 기다리고 있는 것 같았다. 현관 홀을 지나니 바로 목욕장이 나왔다. 홀과 목욕장 옆으로 많은 방들이 있었다. 수조 바로 위, 물을 받기 위해 만든 천장에서는 12월임에도 불구하고 따사로운 빛이 집 안으로 들었다.

재난이 하루 사이*에 닥쳐와 하늘의 빛을 비추는 저 천장에서 죽음의 재가 퍼부을 것이라는 것을 시인은 상상조차 했을까? 목욕장을 지나고 접견실을 지나니 정원이 나왔다. 따사로운 빛과 갖가지 아름다운 꽃들과 새들의 지저귐이 있었을 작은 정원의 녹음 속을 평화로이 거닐던 시인 가족들의 환영이 보였다. 정원에는 신전이 하나 있었다.

"이곳이 라리의 신전*이오."

* 요한 묵시록, 18:8

그녀는 형체는 보이지 않고 들려오는 목소리에 깜짝 놀랐다. 주위를 돌아봐도 그 목소리의 형체는 보이지 않았다. 익숙한 목소리였다. 낮은 톤에 느린 말투, 강의를 할 때나 수업을 할 때 또는 시를 낭독할 때나 사회를 볼 때는 또박또박하고 큰 목소리지만 평소에는 조금 어눌한 말투. 그 목소리가 그리웠다.

그녀는 다시 신전을 둘러보았다.

"라리의 신전이라구요? 나도 이 집이 낯설지 않아요. 나는 당신의 집에 자주 놀러 오곤 했었어요. 홀과 회랑에 그려진 이피게네이아의 희생, 브리제이데이의 납치, 헤라와 제우스 등의 비극적 광경은 여전히 섬뜩하게 남아 있군요. 당신의 누이동생이 있었죠? 그녀가 이피게네이아**처럼 신의 재물로 바쳐질 것이라는 것을 상상조차 하지 않았는데……."

그녀는 그 목소리에 답하듯 아스라한 기억 한 조각을 떠올리며 말했다.

"나도 상상조차 하지 않았소. 매일 하루도 빠짐없이 기도를 올리던 이 신전 앞에서 화석이 되어버린 내 어머니의 최후도 마찬가지요. 그런데 태양이 사라진 칠흑 같은

* 라리의 신전: 서기 62년의 지진 이후 폼페이 사람들이 거룩한 속죄의 의식으로 바친 전정한 성전.
** 이피게네이아의 희생: 아버지 아가멤논의 벌을 대신해 아르테미스 신전에 산 채로 제물로 바쳐진 여인.

어둠 속에서 이제야 다시 깨어났어요."

"나는 파멸과 절망으로 울부짖던 비극 위에 웅장한 폐허로 거듭 태어나기 전 이 화려한 도시에 살았던 당신과 나를 기억해요."

"나도 당신을 기억하오. 우리는 빛과 구름을 좇아 메르쿠리오 탑을 자주 오른 적이 있지요? 멀리 베수비오 산과 사르노 강을 바라보면서 우리는 생성과 소멸을 이야기하곤 했습니다. 또 부와 쾌락과 피에 부패되어가는 사회에 대한 한탄도 하면서 먼 미래를 이야기하곤 했었지요."

"맞아요. 미래에서 내가 왔어요. 당신은 지금 어느 생을 여행 중인가요?"

남자는 말이 없었다. 그녀는 다시 주위를 둘러보았다. 아무도 보이지 않았다. 그녀는 자신과 대화한 남자가 '지금있는남자'일까 아니면 '이미없는남자'일까 생각하며 정원을 돌아 나오려는데 남자가 접견실 대리석 의자에 앉아 있었다.

그였다. '지금있는여자'가 이천 년 전 '이미없는자신'을 찾아오다보니 그 남자의 집이었다. 지금 살아있는 사람들이 이 집을 '비극시인의 집'이라고 명명하지만, 이 집은 잔잔한 음악이 흐르고 신록이 푸른 정원을 가진 평화로운 집이었다.

아! 몰락함으로써 영광을 이룬 이 화려한 폐허에서 그녀는 그가 부르는 비애의 노랫소리를 듣는다. 그녀는 가슴이 먹먹해 왔다.

"언젠가 당신이 술에 취해 노래를 부르며 골목을 휘돌아 가는 것을 본 적이 있다는 얘기를 어느 시인에게 들었어요. 당신의 뒷모습은 항상 나를 슬프게 하죠. 당신의 등에는 존재의 아득한 그리움과 슬픔이 배어 있어요."

남자가 그녀에게 모습을 드러냈다. 남자는 그녀를 그윽이 바라보다가 말했다.

"우리 나가서 소주나 한잔할까요?"

나는 너의 본류(本流)

그녀는 조금의 망설임도 없이 그러자고 했다. 남자는 그녀의 손을 잡고 메르쿠리오 길을 걸어 나왔다. 단체 관광객들이 거의 빠져나갔는지 두세 명씩 다니는 개인 관광객들만이 군데군데 보였다. 적막감이 도는 폐허의 도시를 빠져나와 그들은 해안을 따라 내달렸다. 자신의 차에 그녀를 태우고 사십여 분을 달리는 동안 남자는 한마디도 하지 않았다. 세계에서 가장 아름다운 해안도시 중 하나로 알려진 나폴리의 이정표가 나왔다. 도로에서 내려다본 해안도시는 말 그대로 아름다웠다. 그러나 도심 안은 그렇지 않았다. 도시 전체는 곳곳이 지하철 공사 중이라 어수선했다. 좁은 시내 거리는 일반 차들과 전차가 뒤엉켜 다니고 있었고, 벽면에는 온통 어지러운 그림과 글씨들이 페인 팅되어 있었다. 건물들은 대부분 나지막했다. 낮은 아파트 베란다에는 집집마다 빨래를 걸어 놓아 빈민촌 같아 보였다. 거리를 오가는 행인들조차도 창백하고 우울해 보였다. 남자는 차를 주차하고 앞서 걸었다. 남자가 데려간 아파트는 5층이었다. 남자는 열쇠로 문을 열고 그녀에게 들어가라고 손짓을 했다. 그녀가 먼저 안으로 들어섰다. 퀴퀴한 냄새가 났다. 거실에는 가구라고는 책장밖에 보이지 않았고 온통 책들로 꽉 차 있었다. 그녀는 책들이 나름 정리가되어 있을까 생각했다. 책꽂이에 꽂히지 못한 책들은 바닥이나 책상 위에 널브러진 채 있었다. 책상 위에는 담배꽁초가 수북이 쌓인 재떨이가 있었고, 책들이 어지럽게 놓여 있었다. 그가 부엌으로 간 사이 그녀는 책상 위에 있는 그의 습작 노트를 슬쩍 펼쳐 보았다. 그런데 그 노트 안에 낯익은 만년필이 보였다. '아니! 이 만년필은 내가 그에게 선물한 것인데…….' 그녀는 혼잣말로 중얼거리며 그 노트 위에 있는 책을 펼쳐보았다. 이탈리아 시인, 프란체스카 페트라르카의 『칸초니에레』였다. 남자도 시를 쓰는 남자였다.

남자는 한 손에는 소주를 다른 손에는 잔 두 개를 쥐고 테이블로 왔다. 그가 소주병 뚜껑을 돌려 따면서 말했다.

"앉으세요."

"당신은 누구인가요?"

그녀는 그의 눈을 바라보면서 물었다. 남자는 잔에 소

주를 따른 후 그녀에게 건네고 또 다른 잔에 소주를 따르며 말했다.

"아직도 모르겠소? 내가 당신의 본류(本流)요."

"……"

"나는 항상 당신이 그리웠소. 이루지 못한 사랑으로 당신을 잊을 수가 없었소."

그녀는 그가 따라준 소주를 한 번에 들이켰다.

"우리는 몇 생애를 거쳐 다시 만난 건가요?"

"나도 모르오. 하지만 내 몸의 세포들은 당신을 속속들이 기억하고 있소."

"내 몸의 세포들도 당신을 기억하고 있어요. 그래서 기억이 이끄는 대로 당신을 찾아 이렇게 온 거예요."

"고맙소. 당신이 나를 찾아 긴 여행을 할 줄 알았어요."

"그랬군요. 당신은 요즘도 간혹 키가 작은 사람들*과 술 한잔씩 들이켜나요?"

"간혹이 아니라 늘 그렇지요. 존재와 부재를 거듭해 다시 실재하는 고향에 대한 그리움에 취하기도 하고 또 이루지 못한 사랑에 취하기도 하지요. 그 그리움 속에 당신이 가장 크게 자리 잡고 있소."

그는 소주를 몇 잔이나 연거푸 마시더니 또 한 병을 가져와 뚜껑을 땄다.

"소주를 연거푸 마시는 습관도 여전하군요. 당신은 비

* 2000년 전 당시 폼페이 사람들은 키가 작았다고 함.

움에 대한 철학을 소주를 마시면서 깨달았다고 우스갯소리를 하곤 했어요. 당신 앞에 채워진 술잔은 순식간에 빈잔이 되었지요."

그렇게 소주병이 두어 개 비어 갈 때쯤이면 그는 누가 시키지도 않았는데 노래를 부르기 시작한다. 그것은 그의 근원이 그리워 부르는 무의식적 노래이다. 거나하게 취해 목청껏 노래를 부르는 그의 눈가에 비친 눈물을 간혹 본 적이 있다. 눈을 지그시 감고 들숨으로 시작하는 첫 노래는 당연히 '봄날은 간다'이다.

연분홍 치마가 봄바람에 휘날리더라

……

봄~날은 간~다

그의 노래는 3절까지 계속된다. 술자리에서 그의 노래가 퇴짜를 맞을 때는 거의 없다. 도리어 떠들썩한 술집에서는 그는 스타가 된다. 주객들은 그의 노래로 숙연해지기도 한다. 어떤 이들은 함께 따라 부르기도 한다. 모두들 지난한 삶의 고단함을 등에 이고 살아가기 때문인지 공감대가 형성되는가 보았다. 각 절의 4행 꽃이 피면 같이 웃고, 별이 뜨면 서로 웃고, 새가 날면 따라 웃고, 하는 대목에서는 그는 배꼽 저 깊은 곳을 울려 소리를 낸다.

'배꼽!' 생명의 근원이 시작되는 곳. 모태에 있을 때 탯줄은 온 곳과 갈 곳의 유일한 소통선이다. 모태에서 열 달

을 머물다가 이생에 태어나면 탯줄은 끊기게 되고 그 흔적
으로 배꼽이 남게 된다. 그래서 배꼽은 저생과 이생의 연
결선이다. 소멸되었다가 다시 탄생되었다는 것을 의미한다.
그녀는 갑자기 그에게 배꼽이 두 개가 더 있다는 것이 생
각났다. 원래의 배꼽보다는 훨씬 작고 희미했지만 배꼽의
흔적은 확실했다. 그것은 젖꼭지 바로 아래에 위치해 있어
서 원래 배꼽과 역삼각형을 이루고 있었다. 그녀가 배꼽이
세 개라고 놀리면 그는 세 번이나 인간으로 태어난 위대한
인물이라며 사뭇 자랑스럽다는 듯 말했다.

"그래서인지 말이야, 나는 몇 세대를 살아온 것 같아.
한 번도 본적이 없는 일들이 떠오를 때가 많거든. 예전에
자꾸만 아주아주 먼 할아버지가 떠오르는 거야. 그래서
족보를 찾고 그분의 역사를 조사해 봤더니 그 할아버지가
나와 이름도 비슷하고 당시에 이름 있는 시인이셨더라고.
기이한 일이지 않아? 너만 해도 그래. 너를 처음 봤을 때
나는 감정을 억제할 수가 없었어. 내가 수천 년 동안 찾아
다녔던 여자였어. 그래서 내가 너에게 무작정 달려왔나봐.
어쩔 수 없이 자석처럼 마구 너에게 끌려서."

그는 본래의 먼 곳이 아득하니 그리워 살짝 눈물을 비
치기도 한다. 그의 노래는 세상의 슬픔이라기보다는 너무
오래되어 기억에서조차 사라진 어느 아득한 곳을 그리워
하는 노래이다. 이를테면 이미 건너온 망각의 강 저쪽을
그리워하는 노래, 지금의 생으로 오기 전에 남아 있는 기

억의 파편 같은 것.

그들은 술에 취했다. 몇 곡의 노래를 더 부른 남자는 고개를 푹 숙이고 슬픔에 잠겼다.

"나는 엄마의 뱃속에 있을 때부터 슬픔을 느꼈어요. 내가 시를 짓는 것도 그 외로움의 발로(發露)인 것 같아요."

그녀는 남자의 어깨를 안아주고 싶은 충동이 솟구쳤다. 그의 슬픈 등! 그녀는 그의 등 뒤로 가서 양쪽 어깨에 손을 살짝 얹었다. 남자는 어깨를 움찔하더니 그녀의 손에 자기의 손을 얹고 힘을 주어 잡았다. 이번에는 남자의 몸이 꿈틀했다. 남자가 그녀의 손을 그의 가슴께로 당기자 그녀의 얼굴이 그의 목덜미에 닿았다. 전율, 그 끌림의 시작이 보일 듯 말 듯했다. 그들은 누가 먼저랄 것도 없이 서로를 원했다. 남자는 오랫동안 기다려 온 연인의 입술에 살짝 입을 맞추었다. 남자는 몸을 돌려 그녀의 입술을 열고 그의 혀를 조심스레 밀어 넣었다. 그의 혀는 달콤했다. 그녀에게 사랑한다고 수없이 말한 그 입술과 혀였다. 남자는 점점 달아올랐다. 그는 그녀의 눈, 코, 귀, 목 닥치는 대로 키스를 퍼부었다. 그러다가 그녀를 조심스럽게 바닥에 눕혔다. 남자는 자신의 셔츠 단추를 마구 풀어헤쳐 벗었다. 그리고 바지의 벨트를 풀고 바지와 함께 속옷까지 순식간에 벗어 던져 버렸다. 옷은 원래부터 거추장스러운 것이라는 듯 그의 옷은 온 바닥에 내동댕이쳐진 채 널브러졌다. 그의 몸은 군살이라곤 없이 단단했다. 그는 침대까지 갈 정신도 없는지 그녀의 웃옷을 젖히고 젖가슴을 움켜쥐었다. 그리고 한 손으로는 그녀의 바지 후크와 지퍼를 열고 엉덩이까지 내렸다. 바지가 무릎까지 내려가자 그의 발로 나머지를 밀어 벗겼다. 그들은 알몸이 되었다. 그녀는 그의 배꼽을 보았다. 놀랍게도 삼각형을 이룬 배꼽이었다. 그녀는 작은 탄성을 내질렀다. 그녀는 성급하게 서두르는 그를 살짝 밀치고 일어나면서 말했다.

"씻고 올게요."

그녀는 화장실 세면대 거울을 보며 헝클어진 머리를 손으로 가다듬었다.

'나의 남자여! 너였구나. 네가 나를 여기로 이끌었어. 이젠 당신이라고 부를게요.' 그녀는 거울을 보며 중얼거렸다. 그녀는 샤워기의 꼭지를 틀었다. 차가운 물이 쏴 하고 쏟아졌다. 그녀는 깜짝 놀라 꼭지를 hot으로 약간 돌렸다. 여행으로 묻은 먼지를 깨끗이 씻어냈다. 정갈한 몸으로 그를 받아들이고 싶었다. 그녀는 화장실 문을 빼꼼히 열고 대형 수건이 있냐고 그에게 물었다. 바닥에 누워 있던 그가 일어나 수건을 가져다주었다. 그녀는 몸을 닦고 수건으로 몸을 두른 후 가슴 앞에서 묶었다. 그리고 남자의 칫솔로 양치질을 한 후 세숫대야에 따뜻한 물을 받아 거실로 나왔다. 그녀는 대야를 바닥에 놓고 그에게 의자에 앉으라고 했다. 그리고 그의 발을 물에 담근 후 정성 들여 씻겨주었다. 엄숙하고 진중한 시간이었다. 그녀는 자신이 두른 수건을 벗어 그의 발을 닦아주었다.

"이것으로 나는 당신의 아내가 되었음을 맹세합니다."

그녀는 그의 발등에 입을 맞추었다. 눈물이 그의 발등으로 뚝 떨어졌다. 그가 천천히 그녀를 일으켜 세우더니 그녀의 가슴에 얼굴을 묻었다.

"당신을 오랫동안 기다려 왔소."

그는 일어나 그녀의 손을 잡고 침실로 데려갔다. 그녀는 방이 참 아늑하다 생각하며 침대에 걸터앉았다. 그는 침대 옆 자그마한 서랍장을 열고 상자를 하나 꺼내어 그녀에게 건넸다. 그녀는 상자의 뚜껑을 열었다. 반지였다. 현대의 반지처럼 세련된 모양은 아니었지만 고풍스러웠다.

"반지의 주인이 이제야 나타났군."

그는 반지를 꺼내 그녀의 왼쪽 약손가락에 끼워 주면서 말했다.

"이것으로 나는 당신의 남편이 되었음을 맹세합니다."

그녀는 감격스러웠다. 둘만의 의식은 이렇게 진행되었다. 알몸의 결혼식이었다. 이보다 아름답고 거룩한 결혼식이 또 있을까. 그들은 입을 맞추고 포옹을 했다.

"아름다워. 화려한 드레스를 입지 않고도 이렇게 사랑스럽고 아름다운 신부는 처음 봐."

"멋져요. 턱시도를 입지 않고도 이렇게 멋진 신랑은 처음 봐요."

그는 그녀를 조심스럽게 침대에 눕히고 오랫동안 기다

려 왔던 핏발 선, 그의 것을 그녀의 몸으로 천천히 밀어 넣었다. 그녀의 입술에서는 세상에서 들어본 적도, 내어본 적도 없는 가장 아름다운 소리가 터져 나왔다. 그는 오랫동안 그녀 안에서 움직였다.

"이제 우리는 하나야."

너무 강렬해 빛을 잃을 것 같으면 잠시 멈췄다가, 더 이상 참을 수 없으면 다시 시작되는 그의 움직임은 이 세상의 것이 아니었다. 세상 사람들이 비난하는 사랑이 아니라, 사랑하면 저절로 몸이 춤추는 사랑의 행위를 그들은 나누고 있는 것이었다. 초저녁에 시작된 섹스는 다음 날 새벽까지 계속 되었고, 한낮까지 이어졌으며 다시 밤이 새도록 계속되었다. 그들은 배가 고프지도 않았다. 가끔씩 물을 마시기는 했지만 거의 이틀 동안 아무것도 먹지 않고 오로지 사랑의 몸짓에만 집중했다. 다시 새벽, 그는 드디어 수천 년 담아두었던 정액을 그녀의 자궁 속 깊이 뿜어 넣었다. 그녀는 그것이 빠져나가지 않도록 하복부와 항문을 오므렸다.

"우리의 아기를 잉태하고 싶어요."

그는 그녀 위에서 가쁜 호흡이 진정될 때까지 그대로 머물렀다. 잠시 후 그는 상체를 들어 그녀의 얼굴을 바라보면서 말했다.

"참 예쁘다. 당신은 내 거야. 우리의 아기를 가지게 될 거야."

그는 서서히 그녀의 몸에서 나와 그녀의 옆에 누웠다. 그리고 그녀를 자신의 품속으로 끌어안았다. 그녀는 그의 왼쪽 가슴에 얼굴을 묻었다. 그의 심장은 여전히 뛰고 있었다. 그들은 오르가슴의 최고선상에 올라 광활한 우주를 바라보며 숨을 고르고 있는 것이었다.

시간이 얼마나 흘렀을까. 오르가슴의 여운이 서서히 잦아들었다. 그들은 서로 끌어안은 채 잠이 들었다.

겨울잠을 자듯, 오래오래 잠을 잤다.

며칠 후, 그들은 다시 폼페이 시인의 집으로 갔다. 상처는 드러냄으로써 치유가 된다고 했던가. 소멸한 누구로 인하여 풀 한 포기가 자라듯이 그녀도 누군가의 또는 무엇인가의 소멸로 지금 존재한다는 이 기적 같은 순환의 시간 앞에서 잠시 엄숙해졌다.

역사도 마찬가지다. 폐허가 됨으로써 진정한 의미를 지닌 유적이 된 도시, 다시 말해 도시의 몰락이 영광스런 일로 거듭 태어나게 된 역사의 아이러니….

그녀는 슬픈 기억 속을 더듬어 먼 길을 와 '이미없는그녀'와 '살아있는그'를 만났다. 그의 생생한 언어의 뿌리가 시작된 곳이 그녀의 뿌리였던 것이다.

그가 집 안에 들어간 사이 그녀는 난간에 무릎을 괴고 앉아 잠깐 졸았다. 거의 찰나의 잠이었다. 그때 어디선가 이명이 들려왔다. 그 울림은 너무나 미세해서 귀를 기울이지 않으면 들을 수 없을 정도였다. 깊은 슬픔과 기쁨의 냄

새를 알고 있는 부드럽고 잔잔한 웅웅거림, 분명 한국에서 그녀의 귀를 괴롭히는 폰 진동의 이명과는 다른 울림이었다. 그녀는 깜짝 놀라 눈을 떴다.

갑자기 기분 좋은 푸른 바람이 그녀의 얼굴을 스쳤다. 상쾌한 풀잎 향에 머리가 맑아졌다. 그 푸른 바람이 그라는 것을. 그녀는 그 풀빛 푸른 바람 속에서 그녀가 애써 찾으려는 자신의 정체성의 비밀을 알게 되었다. 그리고 세상 속의 슬픔을 보았다.

밀크맨이 힘든 여정을 거치면서 수컷 공작의 꼬리처럼 화려하게 그의 몸에 붙어 있던 허영의 추악한 덩어리인, 자본주의 아비투스를 떼어내고, 샬리마의 어두운 숲속에서 그의 자아를 찾았듯이, 그녀는 비극적인 이곳 폐허에서 그녀의 사랑의 끌림이 시작된 곳을 찾았다. 또한 '현재 살아있는' 자신의 정체성을 찾을 수 있었다. 그녀는 이제 온전한 소멸을 아름답게 할 수 있었다.

그들은 손을 잡고 메르쿠리오 탑에 올랐다. 탑은 콘솔라레 길 끝에서 동명의 길로 돌아 나오는 곳에 위치해 있었다. 그들은 탑으로 오르는 계단을 한 계단씩 천천히 올랐다. 이천 년 전에 괴성을 내질렀던 베수비오 산이 멀리 보인다. 붉은 일몰에 덩달아 붉어진 뭉게구름이 흘러간다. 아무 일도 없었다는 듯, 지금은 자상한 아버지의 모습으로 몰락의 도시를 둘러싸고 있는 산과 그 아래로 유유히 흐르는 사르노 강의 파노라마를 바라보면서 그들은 테라

스에 앉았다. 그리고 가지고 온 소주를 나눠 마셨다.

이천 년 전에 그랬던 것처럼 아니 태초에 그랬던 것처럼 이곳에서도 그들의 사랑의 몸짓은 계속되었다. 하늘, 땅, 산, 물, 바람의 생성과 소멸이 무수히 반복되는 이 모든 삼라만상이 오직 그들 두 사람만을 위해 존재하듯이….

그들은 인간의 언어를 잃었고, 사랑을 나누면서 터져 나오는 말은 세상의 언어로 해석할 수도, 통제할 수도 없는 태초의 특질이었다.

그들은 긴긴 사랑의 행위 후에 나란히 누워 손을 꼭 잡았다.

베수비오 산 뒤로 2016년 1월 4일의 해가 뉘엿뉘엿 넘어가고 있다. 서쪽 하늘에 개밥바라기별이 반짝인다.

쭉 뻗은 메르쿠리오 길에는 야광석이 하나둘씩 켜지고 있다.

저 적막한 폐허 속으로.

9.

항암제

사진 정화령

정화령

안개

젖는 줄 모르고
젖어가는 게 얼마나 무서운 일인지 모르는구나
눈, 귀, 발
폐부 깊숙이 스며들어 잠식해가는 공포

난 소나기가 좋아
시꺼멓게, 무수히, 쏟아져 내리는 비에
어깨를 내맡기는 통쾌함
젖을 수 있고
젖음을 선택할 수 있잖아 흠뻑
눈물도 감출 수 있어
심지어 소리 내 울 수도 있지

안개는 소나기보다 두려워
무기력하게 젖어가는 내 가슴

질투

정화령

머리가 지끈거려
왜 그러니
쓸데없는 욕심은 안 되는 거잖아
그럼 모두가 아파져
사랑은 그렇게 해서 곪아가는 거라니까
내 품에서
무얼 할 수 있니
심장도 작아빠진 네가

여자만

어제 내내 쏟아부었던 비가 만들어낸
아침 안개 자욱한 갯벌
해무만 자욱하고 불빛 하나 없는 고요함
여명이 시작되어도 안개는 걷힐 생각이 없다
아무것도 볼 수 없는 죽은 풍경
밤새 빗소리가 쟁쟁하던 바다는
어디로 가고 이렇게 다 죽어버린 것이냐
여자만의 새벽은 차갑다 그런데,
아침에 보는 여자만은 다르다 죽은 듯 숨조차 없던 갯벌은
나 여기 있노라 힘차게 꿈틀꿈틀 요동치고
함초도 갈대도, 들킬까 바삐 숨는 농게도
미친년처럼 갯벌을 달리는 나도 이 살아 움직이는 순간을
누가 빼앗아갈세라 마음이 급하다 물에 밥 한술 말아
먹고 나온 아낙도
삽자루 하나 들고 엉덩이를 실룩대며 급히 가고
짱뚱어도 밤게들도 밀물 썰물 드나드는 뻘 속에 집을
지어가며
살아가기 위해 바삐 움직인다 배들은 물길 따라 열심히
그물을 건져내고
갈매기도 얻어먹을 기회를 엿보며 배 주위를 맴돈다

담아 올린 물고기도 꼬막도 당신네 인생도
건져낼수록, 담겨질수록
깊어지는 여자만 갯벌

항암제

아침이면 네가 있어야 해
아니면 불안해져
하루를 시작할 때 늘 나와 같이하는 너
언제부턴가 네가 없으면 불안하고 우울해지는,
벗어나지 못하는 내가 무서울 때가 있어
네가 지켜주길
네가 있어 안심하고 하루를 보내는
날 해치지 말고, 잊지 말기를
너와 헤어지고 살아갈 수 있도록 연습하고 있어
너 없이도 살아가는 방법을
네 자리에 다른 누군가를 가져다 놓을
그때까지만 내 곁에서 나를 부탁해

백열전구

정화령

삐걱거리는 소리만큼
희미하게 어리는 얼룩
손때 묻은 전구
닳아빠진 손잡이처럼
내 어디쯤 너도 살고 있으려나
쌓여버린 먼지만이 기억하는 시간들
잘 지내고 있지?
너도 나처럼

노팅힐의 방울모자

겨울에 유럽이라니. 왜? 겨울이면 안 되는 이유는 있을까? 방울 달린 털모자를 사러 가는 거야. 그렇게 해두자. 떠난다는 건 다 버린다는 말이 되어야 하는데, 수많은 기억들로 가득 찬 내 머릿속은 트래픽 잼에 걸려버렸어. 정리 안 되네.

- 난 그냥 방울 달린 털모자 하나 사러 온 거라고요. 겨울이었잖아요. 기억해요? 크리스마스 준비로 바쁘게 돌아가고 반짝이는 조명들로 가득한 거리 말이에요. 당신 생각나서 여기까지 온 건 아니에요. 다만, 방울모자가 사고 싶어서 온 거예요. 널찍한 등판 스웨터 속으로 내 손을 잡아넣고 녹여주던 날, 사서 씌워주었던 바로 그 방울모자 말이에요.

노랑머리에 늘씬한 다리를 가진 여자들과 담배를 피워 물고 지나가는 자전거 탄 남자들 사이로 걸어간다. 비가 내리기 시작한다. 그러니까 겨울비 내리는 노팅힐 거리가 된다. 영화 필름이 돌아가듯이 내 눈앞에서 돌아가는 그의 모습. 아, 모자 사야 하는데. 그 사람의 모습이 환영이듯이, 모자도 이제는 내 환상 속에만 존재한다.

- 나한테 방울모자는 약속 같은 거예요. 여행하는 내내 머리에 씌워져 있던 꽃무늬 방울모자. 처음 와서는 추워서 샀지만, 두 번째 와서는 내 빡빡 깎은 머리를 감추기 위해서 샀잖아요. 세탁기를 돌리고 그 속에서 엉망이 된 모자를 발견했을 때, 난 주저앉아서 엉엉 울어버렸고 그런 나를 귀엽다는 듯 머리를 헝크러뜨리며 당신이 말했잖아요. "다시 가서 하나 더 사자, 알았지?"

어느 가게에서도 이제는 발견할 수 없는 모자. 비 내리는 노팅힐 거리를 열심히 오갔지만, 모자는 없다. 지켜지지 않은 약속.

- 미안해요. 세 번째는 결국 나 혼자 와버린 것 같아요. 그런데… 알고는 있으신가요? 내 머리 이제 다 자랐어요. 모자 없이 노팅힐을 떠나요.

정화령　무현

주막에 앉아
막걸리 향 가득 담아내면
혹시 당신 오시려나

막걸리 한 잔 부어놓고
손가락으로 휘휘 저어가며
눈물 한 방울이라도 쥐어짜면
낡아버린 밀짚모자 눌러쓰고 오시려나

발길 닳아질까
혹여 잊지나 않으실까
담배 한 개비 피워 물고
청승스럽게 웃자면
주름 한가득 마주 웃으며
돌아오려나 당신

나 버리고 가버린 지 일곱 해
까짓 거 잊을 만도 한데
세월은 굽이굽이 길기도 길어
이제는 닳아서 너덜대는 내 가슴
사연이 그나마 애달프면
문득 나타나 손이라도 잡아주려나

그럴 리 없지, 그럴 리 없어
동구 밖 어귀에 하릴없이 앉아
노란색 하늘만 본다

정화령　하루

잠을 못 자 충혈된 눈을 하고
채 마르지도 않은 머리칼을 대충 쓸어 넘기다
준비되지 않은 하루를 시작하던 날
움직이지 않는 차들에 원망을 쏟아부으며
밀려드는 차 속에서 부은 눈에라도
그어대고 발라대며 나를 무장하기 위해
가슴을 벼려야 했던 시간

꽃 같던 난
어디로 간 걸까

룸미러를 다시금 봤던 어느 날
시끄러운 복도 한 켠
하루가 재미난 듯 쉴 틈 없이 떠들어대던 아이들처럼
수업하기 싫다 투덜대고
잰걸음으로 실험을 준비하던 내 모습은
하얀 구름만 올려다보다가도 가슴 시려 울었던 난
찾아볼 수가 없어
매일 같은 일상
눈으로 비쳐드는 햇살은

멍하게 맞아버리는 하루,
하루를 보내버린 대가를 치르는 중

하루씩 내 목숨의 한 올을 풀어 보내고
세상사는 법에 길들여질 때쯤
눈부시게 피어나서
바람에 터져버리고
미련 없이 떨어지는 꽃잎을 보며
먹먹함을 주워 담는 나
그런 내가 가엾어지는 하루

정화령　꽃

칠흑 같던 밤
밝혀주는 네가 있어
저 달은 외롭지 않았겠지
서늘히 불어주는 바람
네 목소리 들을 수 있으려나
그렇게 기다렸겠지

한 밤
이슬은 눈물인 양 꽃잎에 맺혀 있고
붉은 그 향기는 긴 밤을 흔드는구나
그렇게 갈 거면
무심히 흔들어 놓은 가슴도 챙겨 가지
향기만 미처 떠나지 못한 밤
나뭇잎은 무성해서 나만 심란하구나
잘 가거라
아침이 오기까지
떨어져 나간 살점 빛을 잃고
향기로 울어대겠지만
네가 있어 붉게 피었노라
그렇게 기억하련다

부디 잘 가거라
흔들리는 나의 꽃이여

맺음 - 창작집단 혜윰 2기

김문하

소박했던 희망들과 푸르던 추억들이 아쉬움과 미련으로 남겨지는
세월. 기약 없는 내일보다 마주하는 오늘을 아름답게 살아가야
하는 나이.

이승은

또 어디론가 떠나고 싶다. 내게 있어서 떠남은 과거와 미래로의
방문이다. 100년 전 아니, 그 이전에 내가 한 작은 씨앗으로도
존재하지 않았을 때, 이미 존재해 있던 시간과의 만남이고, 100년
후 아니, 더 먼 이후에 내가 한 작은 흙으로 존재하게 될 때,
여전히 존재해 있을 시간과의 만남이다.

이미경

떠나는 길과 돌아오는 길, 내 인생은 언제나 두 가지 여행길로
이루어진다. 지구 밖으로 갈 수 없는 게 너무 억울해. 거기
어딘가에도 길은 있을 건데 말이야.

정화령

결국 그 사람이 떠나야 사는 것처럼 그리워야 너도 산다는 걸
이제 깨달았다. 그래도 알아주었으면 좋겠다. 내 상처가 괜히
상처는 아니라는 거... 바람에 손이 저리다.

손승휘

원고료 없이 원고 모으는 건 길바닥에서 동냥하기보다 더 힘들어.
원고는 그냥 동전처럼 던질 만한 게 아니거든.
그래도 또 여기까지 왔잖아. 오는 동안 날씨가 엄청 나빴는데,
개고생이 날씨 탓이라고는 하지 말아야지. 세상에 없는 걸 만드는

사람에게만 주어지는 멋진 길이니까.

박광진
주여! 때가 왔습니다. 지난여름은 참으로 위대했습니다. ...
완성을 재촉하시고 ... 주여! 언제 때가 올는지요. 잡초만이
무성한 황무지를 내버려두시나이가? 완성의 열매까지는 아니라도
들꽃이라도 피게 하소서. 스러질 때까지 열매를 향한 집념을
버리지 않게 하소서. 그것이 삶을 지탱하게 하소서.

정재숙
귓불을 스치는 바람이 옷깃을 여미게 합니다. 한 계절이 잊혀져
갑니다. 잊혀져 간다는 것은 겹쳐 입은 옷을 파고드는 바람보다
시리게 슬픈 일. 늘 반복되는 삶 속에서 순간순간 의문이 들
때, 나에게 말을 건네 봅니다. 하고 싶은 거 하고 사는지. 실현
불가능하더라도 일상을 무릎 꿇게 하는 가만히 우리를 보듬어 줄
꿈 하나 꾸고 싶은 계절입니다.

변혜연
어제가, 내일이 벽처럼 서 있을 때가 있다. 경계를 짓지 않으련다.
담쟁이처럼, 오늘, 난 주어진 벽을 기어오른다. 그만큼 더
자유로워진 나를 만난다.

권선옥
시간을 두고 나에게 물을 것이다. 가장 끝까지 함께 가야 할 사람
중의 하나가 바로 나 자신이므로. 가장 신경 쓰며 만나야 할
사람도 나 자신이다. 끝까지 함께 가야 할 사람 중의 한 명이 나
자신이므로.

사진 정재숙

기다림은 언제나 이르다

초판 1쇄 인쇄   2016년 12월 8일
초판 1쇄 발행   2016년 12월 15일

지은이   혜윰
펴낸이   이춘원
펴낸곳   책이있는마을

기획   강영길
편집   고요섭
디자인   고요섭
마케팅   강영길

주소   경기도 고양시 일산동구 무궁화로120번길 40-14 (정발산동)
전화   (031) 911-8017
팩스   (031) 911-8018
등록일   1997년 12월 26일
등록번호   제10-1532호
이메일   bookvillagekr@hanmail.net

ISBN   978-89-5639-269-1 (03810)